JN061661
転生聖騎士は
二度目の人生で
世界最強の魔剣士になる
TENSEI SEIKISHI HA NIDOME
NO JINSEI DE SEKAI SAIKYO NO
MAKENSHI NI NARU
煙雨
ILLUSTRATION へいろー

「え、どうしたの。その格好？」

「えっと。
夜のお仕事でもあるのかと……」

エル・フォワ
奴隷。バルト家の
使用人見習いであったが、
リュカと共に剣術を学びはじめる。
リュカ・バルト
現代の聖騎士・一ノ瀬勇人が転生。
男爵家の三男。
剣術の類まれなる才能を持つ。

アイン・トーラル

伯爵家の子息。剣聖一家に生まれ、
父に幼い時から
鍛えられた一流の剣士。

アリス・ムーア

公爵家長女。
若くして「剣姫」の二つ名をもつ、
抜群の強さをほこる剣士。

イブ・リリエット

エルフ国の王女。
四大元素である火・水・土・風、
全属性の魔法を使いこなす。

魔族の一瞬の隙をついて
斬りかかった。

この時、俺は今までの中で
一番速い速度で
剣を振ることができた。

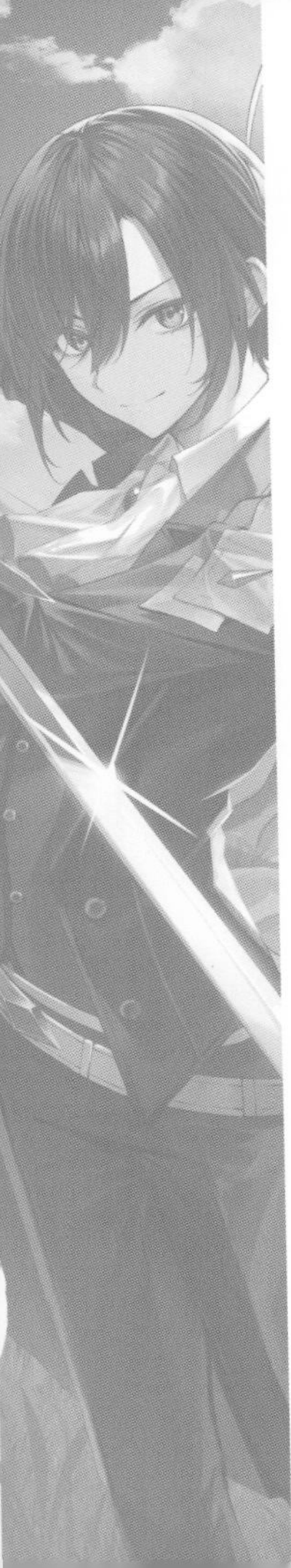

CONTENTS

TENSEI SEIKISHI HA NIDOME NO JINSEI DE SEKAI SAIKYO NO MAKENSHI NI NARU

転生聖騎士は二度目の人生で世界最強の魔剣士になる

煙雨

〔イラスト〕　へいろー

プロローグ

　この世には、表と裏の世界がある。今住んでいる日本も例外ではない。表の世界とは、戦争などの危険な出来事が比較的起こらない安全な世界。逆に裏の世界とは、表の世界では報道されないような危ない出来事が起こる世界。

　裏の世界では、殺人などの依頼が頻繁に起こる。だから、噂話で出てくるような存在ですらほとんどが実在している。現に中世ヨーロッパに生存していた十字軍の末裔(まつえい)が俺である。

　表世界では十字軍の末裔が生きていることを記されていないが、実際に少なからず存在している。

【恥じぬような実力をつけよ】

　親父からよく言われた言葉である。世界共通で知られている十字軍の名に恥じぬような実力をつけなくてはいけない。表世界ではいかに認知されていない存在であっても、裏の世界がある以上、そうはいかない。

そんな中、俺は十六になった時、聖騎士として名を連ねた。聖騎士とは表世界、裏世界のどちらか一方で有名な存在を守ることを指す。

護衛や警備をすることが多いが、裏の組織の人間を殺す依頼が来るときもある。

実際に今まで表世界で有名な王族を、裏世界では、歴史上で滅亡したと記されている血族を守る仕事を数年間こなしてきた。

だから、これからの人生も聖騎士としてやっていきながら、この世界で五本の指に入るような存在になって、剣豪の称号をほしいとも思っていた。

「はぁ～。今日も護衛か……」

別に嫌というわけではないが、同い年の学生を見ていると、少しばかし羨ましいとも思っていた。すると、隣に座っている幼馴染——森本結衣が言った。

「アレクサンドロス家の護衛なんだから、しっかりして」

「うん。わかっている」

結衣の方を向きながら頷いた。

結衣も同様に十字軍の末裔ではあるが、はたから見ると、日本人にしか見えなかった。俺の家系は、父方がヨーロッパの血筋、母方が日本の血筋であるため、外見がハーフに見える。

だが、結衣の両親は十字軍の頃から日本人という特殊な家系である。

「まあ、今日も頑張りますか」

「そうね」

そして俺たちは飛行機に乗って、中東にあるアレクサンドロス家へと向かい始めた。

護衛といってもこのご時世、日中に暗殺が起こってしまうと、表世界で情報を拡散されてしまうため、深夜以外は仕事がない状況である。だが、もう悠長なことを言っていられる時間じゃなくなったため、アレクサンドロス家の王子の元へ結衣と一緒に向かう。

護衛対象がいる部屋に入ると、そこにはアフロ姿の男性が座っていた。

「君たちが私の護衛なのか」

「お初にお目にかかります。一ノ瀬(いちのせ)勇人(ゆうと)です。本日から数日間よろしくお願いいたします」

「森本結衣です。よろしくお願いいたします」

「あぁ。よろしく頼む。バレク・アレクサンドロスだ。基本的には屋敷外で見回りを頼む。屋敷内は私の雇っている者を入れておくから」

「……。わかりました」

(珍しいな)

普通、護衛を頼まれる時は護衛対象の近くにいるのが普通である。だけど、護衛対象の指示が絶対であるため、俺と結衣は屋敷の外に出た。

(どうするか……)

二人で回った方が、刺客が来た際にも安全に対処することができるが、効率が悪すぎる。一人で回った方が通常よりも早く業務が終わるしなぁ。

(よし!!)

「俺は左から回るから、結衣は右から回ってくれ」

「わかった」

そして、俺たちは別々の方向へ歩き始めた。

「それにしてもでかいなぁ」

先ほど入った時も思ったけど、本当にでかい。

「本当にこの世は理不尽だ」

（だってそうだろ？）

生まれた時には親は決まっている。そして俺たちみたいな子供は親の影響を受けることが多い。例えば、学生として通っている人たちは親御さんがそのルートをたどっていたから、自身もたどっている。そして、その中にも階級がある。

親が金持ちであれば、子供は最高の環境下で勉強することができる。逆に言えば、親が貧乏であれば、勉強する環境もあまりよろしくない。

その時点で、己が知らないだけで理不尽な状況をくらっている。

（俺だってそうだ）

普通の学生として過ごしてみたかったが、生まれた時には裏世界のことや剣術を叩きこまれていて、中学生になる頃には一人前の戦士となっていた。

「はぁ……」

俺はため息をつきながら見回りをしていると、あたりから視線を感じた。

（なんだ？　刺客か？　いや、それだとしても今は情報収集が大切だ。冷静になれ。今は気付かないふりをして見回りを続けよう）

俺はそう思い、見回りを続ける。五分、十分と見回りをしていると徐々に俺へ向けてくる視線が増えてきた。

最初は結衣が俺を驚かせようとしているのかと思っていたけど、視線の数が複数あるためそうではなさそうだ。それに加えて、殺気を隠しきれていない者もいた。

（どこで戦うかだ……）

そう。護衛対象に報告をしたいところではあるが、今はそんな状況ではない。それに、護衛対象を危険にさらすなんて、あってはいけない。

一旦、見回りする場所を変えて、人気(ひとけ)が無さそうな場所へ歩き始める。すると、背後から斬りかかってくる者が現れたため、その攻撃を避けて斬り殺す。

（銃を使ってこないあたり、最低限の実力はあるってことか）

俺たち剣の達人に銃弾が当たることは無い。なんせ、相手の視線などから撃ってくる方向がわかる。それ以外にも、銃弾の速度よりも剣の達人が斬りかかってくる方が早いのだから。

俺はあたり一面に殺気を放ちながら攻撃態勢を取ると、全方位から十人程度の刺客が現れる。

（多いな）

思っていたよりも刺客の数が多いことに驚きながらも、冷静を保つように努力する。

その時、目の前にいる刺客と背後にいる刺客の二人が同時に攻撃を仕掛けてきた。

（素人か？）

そう思わせるほどの体使いであった。そのため、目の前にいる刺客の間合いに詰めて攻撃を受け流す。そして背後から攻撃を仕掛けてきた刺客の攻撃を目の前にいる刺客にぶつける。すると、味方の剣に刺された刺客は地面に倒れた。

俺は、その瞬間を見逃さず、刺した刺客の首を斬り落とす。その光景を見ていた他の刺客は、先ほどまで持っていた甘えが無くなり、間合いをじりじりと詰めてきた。

（こうなると、めんどくさいんだよな）

そう思いながらも、俺は一対一になるような状況を作り、一人ずつ倒していく。

そして、残り二人になる。

（案の定、この二人が残るか）

先ほどまで倒していた刺客は、ハッキリ言って素人に毛がはえた程度の者ばかりであったが、こいつら二人は違う。間合いの立ち回りに視線誘導、攻撃を仕掛けるタイミングの全てがプロの領域であった。

「あんたら二人は何者なんだ？」

　俺がそう尋ねるが、無言で立ち尽くしていた。

「俺のことは調べていたんだろ？　なら、なんでこんなことをしたんだ？　流石に素人レベルを何人連れてこようと殺せるとは思っていないだろ？」

　この領域までたどり着いている者ならわかっているはずだ。それなのにこんな行動を取った意味がわからなかった。

「聖騎士、一ノ瀬勇人。お前にはここで死んでもらわなくては困る」

「……。誰の差し金だ？」

「それを答えることはできない。それはお前もわかっているだろ？」

「あぁ。でも今の状況なら言ってくれるかなと思ってさ」

　まあ、依頼主の名前を言うほどのバカはいない。でも、現時点の状況で、こいつら二人が俺に勝てる見込みは限りなく低い。なんせ、俺は腐っても聖騎士であり、そこら辺の刺客に負けるようなへまはしない。

　そう思っていたところで、背後から結衣が来た。

「加勢する」

「助かる」

　俺たちは、目の前にいる刺客への注意を払いながら間合いを徐々に詰める。すると、最初に倒した刺客が死体になって目の前に転がっていた。

（あれ？）

こいつは確か、刺客の味方に刺された奴だ。でも、死んでいるはずがない。刺された場所は腹部であったし、致命傷で死ぬにしてももう少しかかるはず。

（⁉）

そこでやっと素人を何人も連れてきたことの意味を理解する。

「こいつら、武器に毒を塗っているから、気を付けろ」

「わかった」

結衣に攻撃を当たらないように指示を出す。それと同時に自分の慢心に嫌気がさす。殺人のプロが武器に毒を仕込んでいるなんて当たり前のこと。それを思い浮かべなかった時点で、自惚れていた。

（もっと、慎重にならなくちゃ）

今このことに気付かなかったら、俺も死んでいたかもしれない。

（後悔は後だ。今は目の前の敵を倒す）

先ほどまで心のどこかで油断していたのが無かったかのように、目の前の刺客に集中をする。

そして俺は一歩前に出て、結衣に見えるように背中の後ろで左の敵を倒すことを示す。それを見た結衣はわかったかのように右にいる刺客に注視し始めた。

それに気付いた刺客たちは、自分の命を顧みず一斉に俺へ攻撃を仕掛けてきた。
（ッ）
俺は驚きながらも、先ほど左にいた刺客の対処をする。結衣は俺のカバーに入りながら自分の仕事である刺客の相手をしていた。

そこから結衣と俺は徐々に距離が離れていき、カバーができない距離にまで至った。そこで、俺は刺客に質問をする。

「答えてくれるとは思っていないが、なんで俺を殺そうとするんだ？　俺に恨みでもあるのか？」

はっきり言って俺は裏世界でこそ、そこそこ有名ではあるが、命を狙われるほどの存在ではないと思っていた。命を狙うとしたら、今の護衛対象であるアレキサンドロス家のように名家であるか、表世界で有名な存在たちだ。

もし命を狙われるとしたら、俺を恨んでいる者しかいないと思っていた。

「十字軍の末裔はもうこの世界にいらないからです。それに加えてあなたは今後脅威になる存在だからです」

「は？」

「そうでしょう？　最年少で聖騎士になり、家柄も十字軍の末裔。そんな存在が脅威にならないわけがない」

「もういらない？」

百歩譲って俺が脅威になるからという意味はわかる。自分で言うのも何だが、最年少で聖騎士になるということは、実力も伴っているが将来も有望視されているからだ。

だが、十字軍の末裔がこの世界にいらないという意味がわからなかった。俺たちは今まで裏世界で多大な影響を与えてきた存在であり、これからも護衛するなら十字軍の末裔と言われ続けると思っていた。

（それなのになんで）

「まあわからなくて大丈夫ですよ」

「そうかよ」

そして、俺たちの戦闘が始まった。最初は刺客が目の前から斬りかかってきたが、難なくそれを避けて首を斬り落とそうとする。だが、その攻撃をわかっていたかのように避けられる。

次に刺客は俺の首を狙うことは諦めて、攻撃を当てるように変えてきた。

(やっぱりそうしてくるよな)

依頼の内容が命をとることなら確実に首か心臓を狙うのがベターではあるが、目の前の刺客は俺の首または心臓に攻撃を当てられないことを察したのだろう。

だから、確実性はないが、毒で俺を殺すことにしたのだと思う。

(厄介だなぁ)

案の定、この戦いに苦戦を強いられた。今まではある程度どこから攻撃がやってくるか予測が付いたが、今は体全体が的になっているため、予測することが難しい。

そこから五分程度、お互い攻防が続いた。そして、刺客が距離を取ろうとして、重心が後ろにいった一瞬の隙を見逃さず俺は間合いを詰めて、刺客の右腕を斬り落とす。

その瞬間、刺客は悲鳴を上げる。

俺はこの好機を逃さず、刺客の心臓に剣を突き刺した。

「情報、感謝する」

すぐさま結衣の方へ向かおうと剣を抜こうとした時、刺客は短剣を手で摑んで言った。

「この時を待っていた」

不気味な笑みを浮かべながらそう言い、結衣に向かって短剣を投げた。その時、結衣は刺客との攻防で短剣の存在に気付いていなかった。

（やばい‼）

剣を抜いてから結衣を助けに行くと、助けられない。だが、剣を抜かずに助けに行ったところで確実に俺は死ぬ。

だけど、俺は思っていたよりもすんなり、結衣の方へ向かった。だが案の定、結衣を守るために肉壁になり、短剣が俺の腹部に刺さる。

その時、結衣は何が起こっているのかわかっていなかったようだ。

そして、俺は倒れ込む。

（大切な存在なんて作るべきじゃなかった）

親父にもよく言われていた。大切な存在を作ると仕事に支障が起きるから、できる限り作らないようにと。それに加えて、仕事の時は極力そのことは忘れろと。

徐々に俺は目の前の光景がゆがんで見え始める。

（俺の人生もここまでかよ……）

もっと強くなって、剣豪になりたかった。学生みたいな生活をしてみたかった。

だけど、もう無理なのかなと思った。

その時、結衣は目の前の刺客を倒して、涙を流しながら俺の元へやってきた。

「勇人、死んじゃダメ」

「ちょ、ちょっと無理かも……。思っていたよりも毒が強いや」

「なんとか助けるから!!」

そう言った瞬間、横に転がっている刺客の死体からアレクサンドロス家の紋章が出てきた。

(これって、主犯格はもしかして……)

そう思った時、アレクサンドロス家の騎士たちが俺たちの元へやってきた。

「ゆ……い。にげ……ろ」

「え?」

俺はそう言いながら、目を閉じた。

一章　転生

目を覚ますと、そこは見知らぬ場所だった。
（え？）
目の前の光景に驚きを隠しきれなかった。
「俺はさっき死んだはずだよな？」
そう。刺客によって殺されたはずだ。
（それなのになんで生きているんだ？　もしかして、結衣が助けてくれたとかか？）
俺はそう思いながら、体を起こして窓のある方向まで歩く。
（いつもより歩く目線が低いな）
そう思いながら外を見ると、俺たちが住んでいる世界とは違う風景をしていた。
（⁇）

「ここはどこだ？」

俺がボソッと呟いた時、部屋をノックされた。

「リュカ様、おはようございます。中へ入ってもよろしいでしょうか」

「あ、はい」

俺は勢いそのまま答えると、黒髪のメイドさんが入ってきた。

「改めまして、おはようございます」

「おはようございます」

「本日のスケジュールですが、午前中は特にご予定が無く、午後はお父様たちと面会のご予定が入っております」

「あ、ありがとう」

はっきり言って、今の俺がどんな存在か知らないし、どのように対処していいかわからなかったため、流れに任せて答えていた。

「では、私は朝食の準備をしてまいりますので、準備ができましたら食堂に来てください」

「あ、ちょっと待って」

俺はそう言って、メイドの人を呼び止める。

「どうかなさいましたか？」

「えっと。一緒に食堂まで行ってもいいかな？」

「わ、わかりました」

メイドの人の了承も出たことなので、タンスから洋服を出して着替え始める。そして、食堂へと向かい始めた。

（それにしてもここはどこなんだ？）

そう。目が覚めたらわけのわからないところにいた。

（いろいろと情報を集める必要がありそうだな）

俺はそう思いながら、食堂でメイド――ケーシーや執事の人にいろいろと質問をした。

そこで俺の現状の立場がなんとなくだがわかった。

まず俺は、グルニア王国の男爵家三男として生まれたリュカ・バルトというらしい。年齢は五歳で、上に二人の兄弟がいるため、この家の跡取りになることが難しくいろいろと放任されているとのこと。

そしてこの世界は案の定、今までいた世界とは別の世界で、いわゆる異世界であること。

（やっぱり異世界転生していたのか）

薄々とはわかっていたが、実際に話を聞いてより実感が増してきて驚きを隠せなかった。その時、ケーシーが言った。

「本日は何をなさるのですか？」

「あ～うん。ちょっと調べ物でもしようかと思うから、書物をあさろうかな」

俺がそう言った瞬間、ケーシーは驚いた表情をしていた。

「わ、わかりました」

俺は何に驚いているのかわからないまま、自室に戻っていろいろと調べ物を始めた。

はじめに俺が乗り移るよりも前のリュカ・バルトについて、部屋の中にあるものなどをあさって、調べ始める。

すると、あっけなくいろいろとメモされているものが見つかる。それに目を通してみると、元のリュカの知識があったため、文字を読むことができた。そしていろいろと過去のリュカがわかってきた。

まず、リュカは跡取りになることを諦めており、何に対してもやる気の起きない人生を送っていたとのこと。そして、極力人とは関わらないようにして、一日の大半は部屋にこもっていたと記載してあった。

その他にも三歳から訓練が始まるバルト家では、長男の兄——モリックは剣術にたけていて、次男——グレイは魔法にたけていると書かれていた。

それに比べて、リュカは何に対しても人並みにしかできなくて、部屋にこもり始めたと書かれている。

「五歳で現実を突きつけられるのは辛いよな」

もし、前世の頃に兄弟がいたら俺も嫌気がさしていたかもしれない。なんせ、幼馴染である結衣ですらいろいろと比べられてきていたのだから。

（過去のリュカ。俺は自由気ままに前世でやりきれなかったことをやるよ）

俺はそう思った。

現時点での自身の立ち位置がわかったため、書物がある部屋に向かい、この国のことについて調べ始める。

まず、この世界には人族以外にもエルフやドワーフ、竜人族（ドラゴニュート）など様々な種族がいるとのこと。そして、俺たちの世界と少し似ているところは奴隷制度があるところだ。過去の日本、いや世界には奴隷制度がたくさんあった。その点は前世と少しばかし似ていると思った。

でも、そのことについて俺は気に食わないところでもあった。

(奴隷なんていらないだろ)

そう。別に人それぞれに人生があり、他人のために生きていく人生なんて間違っていると思っている。だから、奴隷制度なんていらない。

そう考えていると、同い年ぐらいで金髪碧眼の女の子が部屋の中で掃除している姿を見かけた。

(もしかして、身近に奴隷がいるのか?)

俺はそう思い、その女の子に話しかける。

「ねぇきみ」

「は、はい。うるさかったでしょうか⁉ 申し訳ございません」

なぜか話しかけただけで、ひどく怯えているようであった。

「いやそんなことはないよ。ちょっとお話でもしないかい?」

「え、でも。お仕事がありますので」

「そっか。じゃあちょっと待ってて」

俺はそう言って、部屋を出てケーシーに話しかける。

「部屋の中にいる女の子と話がしたいから、今日の仕事を無くしてあげられな

い？」

「エルとですか？　大丈夫ですけど」

（エルっていうんだ）

そう思いながら、ケーシーに頭を下げてお礼を言う。

「ありがと」

そして、エルの元へと向かった。

すると、さきほど同様に怯えた雰囲気を出しながら俺のことを待っていた。

「本当にお話がしたいだけだから、怯えなくて大丈夫だよ」

「は、はい」

だが、まだ少し怯えているというか、緊張しているようであった。

「じゃあまずは自己紹介をしようか。俺はリュカ・バルト五歳。この家の三男なんだ」

「私はエル・フォワといいます。五歳です。バルト家の奴隷で使用人見習いをしています」

その言葉を聞いた時、胸がチクリとした。

（やっぱり奴隷なのか……）

「エルは奴隷をどう思っている？　嫌じゃない？」

「滅相もございません」

（あ〜。失敗した）

俺は雇い主の子供であり、この子はこの家の奴隷。そんな子にこんな質問をしたところで答えなんて決まっている。

「そっか。じゃあさ。今度から俺と一緒に勉強しない？」

「え？」

「俺たちはまだ子供だから、いろいろと勉強した方がいいと思うんだよね。だから、一緒にどう？」

「でも、お仕事が……」

「それはちょっと待っていてね。また今度話すときにでも相談するよ」

「わ、わかりました」

そして俺たちはここにある書物をいろいろと読み始めた。その時、エルはまだ文字を読むことができなかったため、俺が逐一教えていた。

そんなひと時を送っていると、あっという間に夕方になっており、部屋にケーシーが入ってきた。

「リュカ様。そろそろお父様たちとの会食のお時間です」

「ありがと」

俺はケーシーに頭を下げて、エルの方を向いた。

「今日はありがと。また会ったらいろいろお話ししようね」

「あ、ありがとうございます」

(少しは心を開いてくれたかな?)

そう思いながら、俺はエルと別れて家族との会食へ向かった。

食堂へたどり着くと、すでにそこには父親と母親らしき人物とモリック兄さんとグレイ兄さんが座っていた。

「遅れて申し訳ございません」

頭を下げて謝ると、全員心よく許してくれて、会食が始まった。

(確か、メモ帳によると父親の名前はキース、母親の名前はカタリナだったはず)

「リュカが元気になってくれて本当によかったわ」

「そうだな」

その後も兄の二人も両親の言った言葉に頷(うなず)いていた。

「それで、リュカはこれからどうするんだ? 剣術や魔術がやりたかったら指南役を呼んでもよいと考えている」

「……」

過去のリュカは指南役を呼ばれて、兄たちとの実力差を目の当たりにして、絶望して部屋に立てこもってしまった経緯がある。そのため、両親は優しく言ってくれているのだと思う。

（う～ん）

「剣術の指南役を頼んでみようかな」

少し迷った末に頼んでみることにした。なんせ前世の剣術は自身の知識で身に付けることはできるけど、今の世界の剣術は誰かに教えてもらわなくちゃ厳しいのだから。

すると、父親であるキースは喜んだ表情をして言った。

「そうか。じゃあ明日にでも頼んでみるよ」

「ありがとうございます。あと、一つ頼みごとをしてもよろしいでしょうか？」

「ん？　なんだ？」

「この家の使用人見習いであるエルを僕の専属にしてほしい」

その言葉にここにいる全員が驚いた表情をしていた。

「それはなんでだ？」

「今まで精神的にもきつい状況があったから、それを支えてもらえる存在が必要だと思うんだ。それに、歳も近いからいろいろと一緒に勉強とかもできるかなと思ってね……。ダメかな？」

「……。そうか、わかった。そのように手配しよう」

「ありがとうございます!!」

その後は、家族で他愛の無い会話をして自室へと戻り、就寝をした。

次の日。俺は身支度をして食堂で食事を取っていると、父親とエルがこちらへやってきた。

「リュカの言う通りエルはお前の専属使用人にしておいたぞ」

「お父様。ありがとうございます」

「よい。それと指南役は来週には来るから楽しみに待っていろよ」

「はい」

俺は食事を終えるとエルが俺の横で立っていた。

「エル、今日からよろしくね」

「こちらこそ不束者(ふつつかもの)ですがよろしくお願いいたします」

（この子は本当にしっかりしているな）

「じゃあ、昨日みたいに本でも読みに行こうか」

「はい」

そして、俺とエル、ケーシーの三人で図書館へと向かい、エルと二人で本を読みあさり始めようとした。その時、エルが首を横に傾げながら俺に尋ねてきた。

「あの、なんで私なのでしょうか？」

「同い年だからかな」

まあ他にも理由はある。少しだけど、俺と重ねてしまったところもあったし、初めてみた奴隷を放っておくことができなかった。

「そうですか」

「うん。だから、今後ともよろしくね」

「はい」

その後、俺たちはこの世界のことを学びながら、エルに文字のことを教えた。そして、一週間が経った時には、すでにエルは文字をある程度読めるようになっていた。

（本当にすごい）

前世の俺が多言語を覚える時、一週間程度で覚えることなんてできなかったのだから、本当に子供というのはすごい。いや、子供ということもあるが、エル自身がすごいのか。

そして、ついに剣術の指南役がやってきた。歳は四十歳ぐらいのおじいさんという感じであった。

「本日から教えるイギル・ダーマル。よろしく頼む」

「はい。本日からよろしくお願いいたします」

「そちらのお嬢さんは？」

「僕の専属使用人であるエル・フォワです」

「そうか。そのお嬢さんも一緒に学ぶのか？」

俺はエルの方を向くと、首を横に振っていたため、イギルさんに言った。

「いえ、私のみでお願いします」

「わかった。じゃあ今日は歩法のやり方を教える」

「はい‼　よろしくお願いいたします」

すると、はじめにイギルさんがどのような場面で使うのか、どのように立ち振舞うのかを教えて、実践してくれる。

（こういう基礎はこっちの世界でも一緒なのか）

武術の基礎となる歩き方が歩法である。

流石に俺も、前世で聖騎士としてやっていた身であるため、重心移動の仕方などのことはわかっている。そのため、難なく歩法を使いこなした。すると、イギルさんは驚いた表情をしてこちらを見ていた。

「リュカ。何かやっていたりしていたのか？」

「えっと……。小さい頃に少し剣術を学んでいました!!」

とっさに思いついたことを言った。

「そ、そうか。では本日教えることはないから、明日から本格的に剣術に入ろうと思う。この剣でも振って慣れておくように」

「はい!!」

そして、本日の練習が終わり師匠はこの場から去っていった。

そのため、俺は木刀を振って自主練を始める。その時も、エルは俺のことを真剣に見ていた。

「エルも一緒にやる？」

「え？　大丈夫です」

「でも、今後危ない状況に陥った時対処できるようにした方がいいと思うし、歩法だけでも学んだ方がいいよ」

俺がそう言うと、エルは少し考えた素振りを見せたあと、頷いた。

「じゃあ歩法の基礎を教えるね」

俺は前世の知識で教わった方法をエルに教えて、実践させる。その間、俺は木刀を振る。

（懐かしいな）

本当に懐かしい。それにしても、木刀ってこんなに重かったんだな。いや、重いわけではなく、子供になったから重く感じているだけか。

そう思いながら、夕方になるまで、エルは歩法の練習を、俺は素振りを続けて、一日が終わった。

翌日から二週間にわたり、師匠が剣の扱い方などを教えてくれるが、ここら辺もほとんど前世で学んだことと一緒であったため、俺は自主練で前世にできていたことを練習する。そんな時、師匠が少し困った雰囲気を出していた。

「リュカ。お前は俺が思っていた以上に吸収能力が高かった。だから、これから一年間は魔法と剣術の合わせ技を教える」

「お、俺。魔法は使えませんよ？」

「大丈夫だ。まだ魔法は使わない。体内にある魔素を使うんだ」

「??」

師匠の言葉に首を傾ける。すると、淡々と魔法の基礎を話し始めてくれた。

まず、この世界にいる全ての生命体には体内に魔素が存在している。そして、通常の騎士は魔素を使用して戦うということ。

では、なぜ全ての生命体に魔素があるのか。それは、空気中に魔素が存在しているためだ。植物であろうと動物であろうと空気を吸って生きている。その過程で体内に魔素を取り込むのだと言われた。

「では、最初は魔法を使わない限界速度の剣術を見せよう」

師匠はそう言った瞬間、目の前で剣を振った。

（速い）

速いが、目で追える範囲ではある。この速度なら、前世の俺よりも遅い。

だが、次は魔法を使って剣を振った。

（!?）

先ほどまでとは、比べ物にならないほどの速度であり、驚きを隠しきれなかった。

（なんだ。この速さは……）

俺が思っていた数倍、いや数十倍の速度であった。

「これが、魔法を組み合わせた速度」

俺がボソッと呟くと、師匠は頷きながら言う。

「そうだ。この世界では、剣術を使うにも魔法を使うのが当たり前であり、それができない奴は剣士とは呼べない」

「……」

「だからリュカは魔素を魔法に変換することから始めることにしよう」

「はい‼」

俺はこの時、胸の高揚を抑えきることができなかった。なんせ、前世で自身の実力を上げることなんて容易いことではなかった。

前世の俺は、剣術で完成形に近いかたちを持っていたため、実力を上げるのにやることは基礎の反復をして癖を無くすことぐらい。それは明確にゴールがあるわけでもなく、長ければ数十年はかかることであったから。

そこから、俺は魔素の変換をするように努力をした。師匠の教えによると、剣士の基礎は身体能力を上げるために魔素を使うとのこと。そのため、体全体の魔素を魔法に変える必要がある。

俺は目をつぶって、大きく息を吸い込む。そして、体内にある魔素を魔法に変換するようなイメージをする。

(使えているかな?)

俺はそう思いながら、木刀を振る。だが、先ほどと速度が変わらなかった。その姿をみた師匠はなぜか、ホッとした表情をして言った。

「そんなすぐにできることでもない。こればかしはコツが無くて、己自身で勘を掴むのが一番なんだ。これからこの訓練を週三日、剣術の基礎を週二日で行うからな」

「はい!!」

「じゃあ、あとは頑張れよ。俺はやるべきことがあるから」

「わかりました」

そして、師匠はこの場から去っていった。

(よし、頑張るか!!)

俺はそこから毎日のように魔素を魔法に変える練習を続けた。

一年、二年とその練習を続けていくが、一向に魔素を魔法に変えることができず、徐々に自分の才能の無さに嫌気が指す。

（これが、過去のリュカが言っていたことか）

そこでやっと、俺が転移してくる前のリュカが言っていたことに気付く。今までは、前世の知識を駆使して剣術を身に付けてきたが、初めて行う魔法の練習には苦戦している。これを目の前で兄たちがすんなりとできていたら、嫌気が差すのもわからなくない。

その後、さらに三年にわたって練習したが魔素を魔法に変えることはできなかった。その間にエルは歩法を身に付けていて、剣術と魔法の練習に取り掛かっていた。

（エルは先の段階に行っちゃったな）

そこで、俺は思った。

（いっそのこと、魔法を使わず剣術を極めてみたらどうだろう）

別に魔法を諦めるというわけではない。だけど、この世界の騎士は魔法を使うことが大半だと言っていた。

なら、逆を考えてみると魔法に頼りすぎているばかり、剣術をおろそかにしているのではないかと。

この考えが安直だというのはわかっている。剣士のトップにいる人たちは剣術をおろそかにしているわけがない。だけど、俺には魔素を魔法に変える才能がない。なら、今できることをするのが一番だと思う。

結果として、今後魔素を魔法に変えることができれば普通の騎士たちよりも一歩先にいけるかもしれない。いや、いけると確信を持っていた。なんせ、俺は前世で聖騎士であったのだから。

そうはいっても、魔法の練習をおろそかにしてはいけない。だから、師匠とは別にエルにも教わることにした。

そうと決めたら、隣に立っているエルにお願いをする。

「エル、一つお願いをしてもいい？」

「なに、リュカくん？　私にできることならなんでもやるよ」

首を傾げながらそう言ったエルにドキッとする。

（可愛いな）

エルは誰がどう見ても美少女だ。ここ最近、エルが徐々に美少女になっていき、ドキッとする部分が多い。そのため、今みたいな状況に戸惑いが起きる。まだ十歳なのに……。

（結衣の時と一緒だなぁ）

結衣の時は中学二年生ぐらいで幼さが無くなっていったけど、エルはすでに幼さが無い。

（異世界なら当たり前なのか？）

そう思いつつも、視線を逸らして言った。

「魔素を魔法に変えるのを教えてほしい」

「私が教えてもいいの？」

「え？　逆に教えちゃダメなの？」

「だって、私はリュカくんの専属使用人だし、奴隷だよ？　普通は頼まないと思う……」

（そう言えば、エルは奴隷だった）

今までそんなことは考えず、友達として接してきていたから、思いつかなかった。

「あ〜。そんなのどうでもいいよ。俺はエルに教わりたいんだ」

俺がそう言うと、エルはなぜか満面の笑みで言った。

「わかった!!　教えるよ」

「ありがと」

そして、そこから師匠の練習とは別にエルにも教わり始めた。それと同時並行で前世の頃にできていたことを練習した。

そんな日々が三年ほど続き、ついに俺とエルは十三歳になった。

十三になった俺は、いまだに魔素を魔法に変えることができていなかった。だけどある程度、前世で身に付けていたことができるようになっていた。

そして、師匠と練習をしている時に言われる。

「リュカがここまでできないとは思ってもいなかった」

「あ、すみません」

「いや、こっちこそ言い方が悪かった。だけど、流石にあと二年で魔素を魔法に変えることができるようになるのは難しいだろうし」

（なんで二年？）

俺は首を傾げて尋ねた。

「え、なんで二年しかないんですか？」

「ギャラリック学園というのを聞いたことはあるか？」

「はい。世界で唯一存在する学園ですよね？」

「あぁ。お前もそこを目指していたんじゃないのか？」

（そうなの？）

師匠の言葉に俺すら驚いてしまう。

別に俺はギャラリック学園に入学したいとは思ってもいなかった。前世でできなかった世界最強の名が欲しいだけ。もっと剣術を磨きたかっただけなのだから。

それに確か、この世界には学園というものがギャラリック学園しか存在しない。そんな学園には、世界各国の王族や上位貴族が入学している。

だから、この世界では学園に通わなくてもいいのかなと思っていた。

「えっと……」

「学園は良いぞ。友達はできるし、最先端の勉強もすることができる。楽しいことばかりだ。だから、可能なら行った方がいいぞ」

(友達……)

その言葉を聞いた時、少しだけど良いなと思った。なんせ、前世の俺は学校というものに通うことができず、友達という存在も前世では結衣、今はエルしかいない。

(それに、師匠が言うのが本当なら学園生活が謳歌できるかもしれない)

「わかりました。ギャラリック学園を目指します」

「よかった。でもじゃあ、なんでお前は剣術の訓練をしていたんだ?」

「え〜と。暇つぶし?」

（前世でやりたかったことをやりたいから）

すぐにそう思ったが、本当のことを言うこともできずに、とっさに嘘をつく。

「暇つぶしで剣術を学ぶのもすごいな」

「あはは」

「じゃあ、一回実戦を経験してみるか」

「え、いいのですか？　今までダメって言っていたのに」

「あぁ。もう十三になったんだし、経験しておくのもいいだろう」

「はい!!」

するとと、師匠から明日、近くの森林に行くから準備しておくようにと伝えられる。

その時、俺は師匠に言った。

「エルも連れて行っていいですか？」

その言葉にエルと師匠は驚いていた。

「リュカくん。私は……」

「俺は別にいいが、いいのか？　お前の使用人だから責任を持つのはリュカ。お前だぞ？」

「はい。大丈夫です」

「わかった。じゃあ二人とも明日に備えておくように」

そして、本日の訓練が終わった。

その夜、俺が夕食を取っている時にエルに自室に来るように伝えた。そこから一時間ほど経った時、部屋にノックが掛かる。

「どうぞ」

室内へ通すと、薄着姿のエルが立っていた。そのため、俺はすぐに視線を外して言った。

「え、どうしたの。その格好？」

「えっと。夜のお仕事でもあるのかと……」

「そんなの無いよ。だからこれを羽織って」

俺はエルに上着を渡して、羽織るように指示する。すると、エルは少し顔を赤くしながら、上着を着た。それを確認して、俺はやっとエルに本題を話し始めた。

「話っていうのはこれからのことなんだ」

「う、うん」

「エルはギャラリック学園のことをどう思う？」

「え、私？」

その言葉に頷くと少し考えた素振りを見せたあとに話し始めた。

「すごい場所だと思う。私なんかが通えるような場所じゃないって」

「そっか。じゃあ通ってはみたい？」

「……。うん」

その言葉を聞いて、俺は安堵した。

「じゃあ、一緒に目指さない？」

「わ、私なんかじゃ無理だよ」

「やってみなくちゃわからないよ」

「……」

何を言っていいのかわからないような表情をしていた。

「まあ、まだ時間はあるから考えてみてよ」

「うん」

そして話は終わり、エルは自室へと戻っていった。

俺一人で学園に入学したところで、楽しくないに決まっている。友達ができるとも限らないし、今まで一緒にいてくれたエルと一緒に入った方が絶対に楽しくなる。

（まあ、まずは俺が入学できるかなんだけどな）

そう思いつつ、就寝した。

次の日。俺とエルは森林に行くための準備を済ませて、師匠と合流する。

「じゃあ、行こうか」

「はい」

エルはその言葉に頷いて、全員で森林へと向かった。

この国――グルニア王国を出て、一時間も経たないうちに森林へとたどり着いた。

(すごい)

この言葉しか出てこなかった。今まで国内にしかいたことが無かった俺が、モンスターが出てくる場所に行ったことも無かったし、こんな雰囲気がある場所に来たことも無かった。

すると、師匠が俺たちに言った。

「もうちょっと奥へ行くぞ」

俺とエルはその言葉に頷いて師匠のあとをついて行った。森林の奥へ行くごとに、太陽からの光が無くなっていき、空気が重くなっていた。

あたりを見回していると、師匠が俺たちの前で腕を振り、止める。そして、指をさしながら小声で言った。

「あそこにいるのがゴブリンだ」

（あれがゴブリン!!）

初めて見たモンスターに心が高ぶった。

（話には聞いていたけど、実際にいるんだな）

隣にいるエルを見ると、少し怯えていた。そのため、俺はエルの頭に手を置いて、撫でる。

「大丈夫」

「うん」

すると、エルの震えが徐々に無くなっていった。

「今からあいつと実戦をしてもらう。まずはリュカから」

「はい。やり方はなんでもいいですか？」

「あぁ」

俺は目の前にいる二体のゴブリンのうち、一体の背後を取り、短剣を首に突き刺す。すると、もう一体のゴブリンが俺に気付いて、攻撃を仕掛けてくる。

すぐさまゴブリンの攻撃を避けて、腰に掛けている剣を構える。そして、もう一度ゴブリンが攻撃を仕掛けてきた。

（⁇）

体の使い方や攻撃の仕方といい、何から何まで素人だと思った。そのため、すんなりとゴブリンの攻撃を避けて、首を斬り落とす。

「ふぅ」

一息ついている時、師匠とエルがこちらへ駆け寄ってくる。

「リュカくんすごい!!」

「ありがと」

エルの言葉に返事して師匠の方を向くと、驚いた表情をしていた。

「リュカ。実戦は初めてだよな?」

「はい……」

内心、前世のことがバレるかもと思いドキドキが止まらなかった。

「そうか。なんの躊躇(ためら)いも無く行動できるのは良いことだ」

「ありがとうございます」

「じゃあ次はエルの番だな」

「わ、わかりました……」

その言葉を聞いた途端、ものすごく緊張していたようであったので、一声かける。

「エル。俺は魔法を使うことなく倒すことができたんだ。エルは魔法を使うこともできるし剣術もそれなりにできる。だから自信をもって」

「う、うん!!」

そして、次に見つけたゴブリンに対して、エルはあっという間に倒してしまった。

「リュカくん。やったよ。私できたよ!!」

「うん。よかった!!」

その時、師匠はボソッと呟いた。

「この子たちは精神面でも逸材だな」

その後も、師匠がモンスターと戦う姿を見せてくれたり、俺やエルの二人でモンスターと戦ったりしていると、日が暮れ始めた。

「じゃあ、今日は帰ろうか」

「はい」

「わかりました」

そして、俺たちが帰ろうとした時、目の前に三体のオーガが現れてこん棒を振りかざしてきた。

まずとっさに動いたのは師匠であった。俺とエルを抱えてオーガから距離を取り、戦闘する態勢であった。俺も続くように剣を抜く。

わかってはいたが、頭で認識しても前世の頃みたいに体が動かない。

（いや、違うか……）

実際に師匠みたいな動きをしようとしたけど、モンスターへの認識も甘かった。

「リュカ、エル。俺の後ろから動くな。こいつらはさっきいたモンスターとは次元が違う」

その言葉に俺とエルは頷いた。

師匠の言う通り、先ほどまで倒していたゴブリンやコボルトとは雰囲気が全然違かった。

隣にいるエルのことを見ると、怯えていた。

「俺が守るから」

俺はそう言う。

（俺の使用人。いや、大切な友達を守れないなんて、あってはいけない）

すると、エルは頷きながら俺の後ろへ行き、袖を掴んだ。

その時、師匠とオーガの戦闘が始まった。はじめに攻撃を仕掛けたのは、師匠であった。三体のオーガの中で、一体だけ距離を取っている奴に斬りかかる。だが、こん棒で防がれてしまう。そして、二体のオーガが攻撃を仕掛けて、師匠は防戦一方になっていた。

（どうすればいい？）

俺が一体を相手にするか。でもそれをしてしまったら、エルを守れる自信がない。それに加えて、俺は魔素を魔法に変えることができない。そんな奴が、オーガに勝てるのか？

前世では、剣術のみで何とかなっていたが、今世はそうもいかない。

（クソ……）

そう考えている時も、オーガたちは師匠を倒そうとしていた。そんな時、師匠が俺たちに逃げろと伝えてきた。

それを聞いたオーガの一体が俺たちに接近してきて、モーニングスターを俺たちに振りかざしてくる。

俺はとっさにエルに抱き着いて、攻撃を避けようとする。だが、着地した場所が斜度の高い坂になっており、俺とエルは落ちてしまう。

「え？」

そして、俺は気を失った。

目を覚ますと、そこは森林の中であった。俺はとっさにあたりを見回す。

「エ、エル‼」

すると、俺から十メートルほど離れた場所でエルが寝ていた。

「よ、よかった」

すぐさま、エルの元へ駆け寄り目を覚ますのを待つ。その間、今後どのような行動をするのか考える。

まず、師匠のことは忘れよう。あの人なら大丈夫だと思う。それに、俺たちと師匠がこの状況で合流することは不可能に近い。

なら、俺とエルの二人が無事に屋敷へ戻るのが最優先事項だと考えた。だけど、この状況でそれが可能なのか。

あたり一帯、暗闇になっていて、帰る方向すらわからない。それに加えて、モンスターのいる可能性が非常に高い。

そんな状況で二人無事に帰ることなんてできるのか。なんなら、二人とも死んでしまう可能性がある。俺は魔法を使うことができないし、エルは実戦経験が少ない。

そんな二人が一緒にいたところで何とかなるのか。もし、大勢のモンスターに攻め込まれたら……。

　そう考えると、ゾッとした。その時、隣から声が聞こえた。

「リュカくん？」

「エル、目を覚ましたか。よかった」

　そう言った瞬間、エルは俺に抱き着いてきた。

「よかった。無事でよかった」

「それはこっちのセリフだよ」

「そ、それもそうだよね」

「まあ、お互い無事だったわけだし、これからどうやって屋敷に戻るかだね」

「う、うん」

　俺はあたりを見回しながら、帰る方角を考える。

　俺たちは坂から落ちてここにいるということ。なら、まずは上らないといけない。

だけど、目の前にある坂を上るのは至難の業であった。

「どうするか」

「どうしたの？」

「いや、坂を上りたいけど、その手段が思いつかなくてね」

俺がそう言うと、エルが少し考えた素振りを見せたあとに言った。

「何とかなるかもしれない」

「え、本当？」

「うん。ちょっと試してみるね」

そう言って、エルが魔法を唱え始めると、目の前の坂に階段ができた。

「リュカくん!! これならいけない？」

「すごい!! ありがとう」

そして、エルの作ってくれた階段を上って坂の上にたどり着いた。

（よし。これで第一段階はクリアだな）

でも、ここからどうするかだよなぁ。

坂を上ることはできたけど、これから自宅に帰るにしても方角が明確にわからない。それに加えて、夜になっている時点でモンスターと出くわす可能性も高い。そんな状況で俺とエルの二人が無事に帰ることができるのか。

そう考えながらも、今できることを始めた。まず、俺とエルが師匠とはぐれた場所に向かった。

夜であたりも暗いため、場所は近いはずなのにたどり着くのに時間がかかった。

そして、やっとその場所にたどり着き、あたりを見回す。

「死体は無いと」

そう呟きながら、胸を撫で下ろした。

「リュカくん。これからどうするの？」

「ここからなら方角もわかるし、帰ろう」

俺がそう言うと、エルは不安そうな表情をしながら言った。

「でも……」

「師匠のことが心配？　でも、大丈夫だと思う。この場に死体は無かったし、あの人は俺たちより強いから」

「そ、そうだね」

俺とエルは、行きに来た道を思い出しながら、先へ進み始めた。

道中、風であたりにある木が揺れる音が聞こえた。その時、エルは何度も怯えていた。

（本当に悪いことしたな……）

今回、俺が誘ったからエルは来た。もし、あの場で俺が誘わなければこんな状況には陥らなかった。

「エル、必ず帰ろうな」

「うん」

俺は細心の注意を払いながら、歩いていると周囲から殺気を感じた。

「エル、俺から離れないでね」

「うん」

それにしても、この視線。何体のモンスターがいるんだ？

そう思いながら、剣を取り出すと、目の前からゴブリンが三体現れた。

「エル、お互いカバーできる距離で戦おう」

その言葉にエルは頷いて、俺と同様に剣を取り出した。

二人で目の前のゴブリンを見ていると、一斉に攻撃を仕掛けてきた。

俺は一歩前に出て、二体のゴブリンの相手をする。まず、最初に攻撃を仕掛けてきたゴブリンを避けて、足を引っかける。そして、もう一体のゴブリンが俺に攻撃を仕掛けてくるが、片腕を斬り落として、悲鳴を上げる。その一瞬の隙を見逃さず、ゴブリンの首を斬り落とす。その時、先ほど転ばしたゴブリンが俺に立ち向かおうとしていたため、心臓に剣を突き刺した。

すぐさまエルの戦闘に加勢しに行こうとしたら、すでに終わっていた。

「すぐこの場所から移動しよう」

「え、なんで？」

「さっき、ゴブリンが悲鳴を上げたということは、この場所に他のモンスターが大勢来る可能性があるから」

「わ、わかった」

そして、俺とエルはこの場所から移動し始める。

歩き始めてから、十分ほど経ったところで俺とエルは休憩を取る。

「エル。さっきはよく一人で倒せたね」

日中の時、エルはゴブリンを倒していたから、倒せるだけの実力があるのは知っている。だけど、今は真夜中だ。

俺は前世で、暗い状況でも戦う手段を身に付けていたけど、エルは違う。それなのにゴブリンを倒したのはすごいことだと思った。

「うん!!　でもリュカくんこそ一人で二体もゴブリンを倒すのはすごいよ」

「あはは」

俺はそう言いながら、エルの頭を撫でた。すると、エルは嫌がりもせずに体をこちらに近寄らせてきた。

「リュカくんがいてくれてよかった」

「え？」

「私一人だったら、絶対に耐え切れなかったもん」

「それは俺も一緒だよ」

暗闇でモンスターも出てくる状況。そんなところに一人でいるのがどれだけ辛いことか。普通の人なら、精神が耐え切れないだろう。

「絶対に帰ろう」

俺はそう言ったあと、二人で軽く雑談をして、また先へ進み始めた。

先ほどみたいにゴブリンなどのモンスターと接敵することを避けるため、お互いに細心の注意を払った。

その効果もあり、モンスターと接敵することなく、実家付近の領地まで来ることができた。目の前に明かりが見えて、俺とエルはホッとしてしまった。

「やっと帰れるね‼」

「あぁ」

その後も、二人で軽く話しながら歩いていると、突然横からオーガが現れて、モーニングスターで木をなぎ倒してきた。

その光景を見た俺たちは絶句した。

俺は後悔した。森林にいた時みたいな警戒をせず歩いていたため、あたり一帯に気が回っていなかった。

「エル。ここで戦おう」

「え、でも……」

エルの言いたいことはわかる。戦ったところで勝てる見込みが薄い。なんせ、先ほども目の前にいるオーガのせいで気絶したのだから。

「それでも、戦うしかない」

そう。目の前にいるオーガが逃がしてくれるわけがない。さっきは坂があったため、うまく難を逃れることができたけど、今は違う。

あたり一帯に逃げるような場所なんて無く、追いかけられたら確実に死ぬ。

そう考えている時、オーガが叫んだ。

「ウギャギャギャ」

その言葉にエルは怯える。オーガはその光景を見て、不気味な笑みを浮かべた。

そして、俺たちに攻撃を仕掛けてきた。

モーニングスターでの攻撃に対して、剣でうまくさばいて致命傷を避ける。だが、次の攻撃で殴りかかってきて、うまく避けることができずにくらってしまう。

「ウ……」

「リュカくん!!」

エルがこちらへ近寄ってこようとしてきたため、俺はそれをやめるように促す。

「い、今は目の前のことに集中しよう」

「で、でも」

「でもじゃない!!　このままじゃ二人とも死ぬ」

俺は、すぐさま立ち上がりオーガに斬りかかる。最初の一撃目は避けられてしまったが、重心が後ろにいった一瞬を見逃さず、足に切り傷を与えた。

（硬すぎる）

でも、やれることをやるしかない。切り傷といっても傷は傷だ。何度も与えることができれば、オーガだって倒せるはず。

そう思いながらも、オーガと俺の攻防が繰り広げられた。前世の時に身に付けた間合いや相手の一瞬をつく攻撃をして、オーガは徐々に切り傷が増えていった。

だが、俺もモーニングスターの鉄球の先端に当たることが増えて、ダメージが蓄積されていった。その間も、エルは俺が危ない状況になったら火玉（ファイヤーボール）や風切（エア・カッター）で援護を続けていた。

そんな攻防は一瞬で均衡が崩れた。

オーガの矛先がエルに変わり、俺がそれを守ろうとした。その隙をつかれて、モーニングスターの鉄球をもろに食らってしまった。

「ッ……」

俺は口から血を吐き出した。それを見たエルは悲鳴を上げる。

(俺はここで死ぬのか？)

リュカ・バルトという人物に転生までしたのに、十三歳という若い年齢で死ぬのか。

(そんなの嫌だ!!)

俺はもっと強くなりたい。この世界のことをもっと知りたい。やりたいことがもっとあるんだ。それなのにこんな場所で死ぬわけにはいかない。

そう思った瞬間、俺は立ち上がり、オーガに剣を向ける。

「こんなところで死ぬわけにはいかない」

俺はオーガに斬りかかった。すると、今までで数年間にわたってできなかった魔素を魔法に変えることが偶然できた。

不思議な感覚であった。体は軽く、剣を振る速度が格段に上がっている感覚。

「ウォォォォォ」

叫びながら斬りかかった渾身の一撃が、オーガの腕を斬り落とした。

オーガが一歩後退していったのを見逃さず、次は首を狙う。

オーガもモーニングスターを俺に振りかざしてきたが、それをギリギリのところで避ける。そして首を斬り落とすと、オーガは倒れていった。

安堵した俺は、地面に座り込む。その時、初めて魔法を使った代償で疲れがドッとやってきた。

「はぁはぁ」

俺が息を整えていると、エルがこちらへ駆け寄ってきた。

「リユカくん大丈夫⁉」

「あ……」

先ほどまで無かった痛みが一気にやってきて、徐々に視界がぼやけてきた。

(こんなところで気絶するわけにはいかない)

そう思っていても、体がいうことを聞いてくれなかった。

隣にいるエルを見ると、涙を流しながら何かを叫んでいた。だが、俺はその言葉

を理解することはできず、意識を失った。

目を覚ますと、いつも見ていた天井であった。

「俺、生きていたのか」

そう呟きながらあたりを見回すと、エルがベッドに突っ伏して寝ていた。

俺は体を起こして立ち上がろうとした時、エルが目を覚まして俺のことを見る。

すると、抱き着いてきた。

「リュカくん!!」

「心配かけてごめん」

「こっちこそ、助けてくれてありがとう」

そう言いながら、エルは泣いていた。

「それより、あの後どうなったの？」

「う、うん。説明するね」

俺の問いに、エルは淡々と話し始めた。

俺が気絶したあと、エルは俺を抱えて、実家周辺まで行くことができたとのこと。

その後は、警備員の人に屋敷まで連れていってもらって、治療を受けたらしい。

「エルは大丈夫だった？」

「私は大丈夫だったよ。それよりもリュカくんは二日も寝ていたんだよ」

「え⁉　俺そんなに寝ていたの……」

「うん」

その事実に驚きを隠しきれなかった。俺の感覚的に半日ぐらいしか寝ていなかったと思っていた。

（でも、それだけ寝ていたらみんなに迷惑かけちゃったな）

「エル。本当にありがとう」

「ううん。本当によかった」

「あぁ。まずはみんなに伝えよう」

俺はエルと一緒に自室を出て、みんなのところへ向かった。まず、家族と会うために両親のいる部屋へ向かうと、すぐさまこちらへ駆け寄ってきた。

「リュカ‼　無事でよかった」

「本当によかった」

「うん。心配かけてごめん」

「こんな無茶はダメだよ？」

「母さん。今後は気を付けるよ」

自分でもここまで心配してくれるのに驚きつつ、本当に申し訳ないと思った。

その後、兄さんたちにも無事であったことを報告して、自室へ戻った。そこで、今回あったことを考えて、ハッと思い出す。

「師匠はどうなったんだ？」

すぐさま、母さんたちのところへ行って、師匠のことを聞くと、自分の罪を償うために牢へ入っていると言っていた。

「師匠は悪くないのに……」

そう。あの行動を取ることが間違っているわけではない。オーガが現れたこと自体がイレギュラーであり、普通はあんなこと起きないのだから。

「それでも、イギルさんは自分のミスを償うと」

「わかった。じゃあ俺がその場に行くよ」

そう言って、俺とエルは師匠のいる牢へと向かった。

牢の中は空気が重くなっていて、歩くのがしんどかった。そして、やっと師匠のいる場所にたどり着き、話しかける。

「師匠‼」

すると、師匠は安堵した表情をして言った。

「リュカ。無事でよかった」

「うん。だから牢から出てきてください」

「それは無理だ。俺のミスでリュカとエルを危ない目に合わせてしまった」

「関係ありません。あれは事故です。それに結果的に俺たちは無事でした。なので出てきてください!!」

俺の言葉のあとにエルも説得を入れると、師匠は考えた素振りを見せて言った。

「それでも自分の罪は償うべきだ。だから……」

「だったら、早く出てきてください」

「え?」

「なんで、モンスターのいる森林に出たのですか? 俺やエルが強くなるためでしょ? なら、今後も師匠の力が必要です」

「……」

俺はこのまま話しても平行線になると思い、師匠に言う。

「俺が家族には言っておきますので、来週からお願いしますね。絶対ですよ!!」

無理やりこの話を終わらせて、俺とエルは牢から出ていった。

その後、数日間にわたって、森林であったことの質問をされた。

(もっと力をつけなくちゃ)

前世の感覚で戦っていたけど、それではダメだとわかった。あの頃は、一人でほとんどなんでもできると感じていたけど、今は違う。

考えている行動に対して、体がついてこなかったり、身体強化できないのがどれだけ致命傷であるのかがわかった。

「でも、これで俺はもっと強くなれる」

そう。最後にオーガと戦った時、なぜか魔素を魔法に変えることができた。今までできなかったのにだ。それだけでも、今回森林に行って戦った意味がある。

そう考えながら、今後やるべきことを決めて、師匠との訓練に臨んだ。


そして、やっと師匠との訓練日になる。

「リュカにエル。この前は本当に悪かった」

「いえ。逆にあの時、俺は行けてよかったと思っています」

「え?」

「師匠には伝えていませんでしたが、魔素を魔法に変えることができました」

それを聞いた師匠は驚いていた。

「それは本当か？」

「はい!! なので、今回の一件は結果的によかったと思います」

「そ、そう言ってもらえると俺も嬉しいよ」

「では、ここから二年間は魔素を魔法に変える指導。お願いします」

オーガと戦った時、運よく魔素を魔法に変えることができたけど、それが毎回できるわけではない。

そのため、これから二年間で習得しなくてはいけない。

「私も、よろしくお願いいたします」

「あぁ」

そして、そこから俺とエルは身体強化の指導が始まった。

案の定、最初は魔素を魔法に変えることができなかったけど、前とは違ってコツを摑んできた実感がそこそこあった。

そのため、二週間もしない内に、安定して身体強化をすることができるようになった。

エルは、俺よりも先に身体強化をできるようになっていたため、次のステップである魔法と剣術の組み合わせの練習をしていた。

そこから、半年間は身体強化をしながら、前世で培(つちか)ってきた剣術が今世でも通常通りできるように頑張った。身体強化だけではなく剣術の練習も怠らなかった。

そして十五になる手前には、身体強化をしながら剣術を扱えるようになっていた。エルも同様に、初歩的な魔法と剣術の組み合わせはできるようになっていた。

残りわずかの時間しか無いけど、次のステップに入りたいと師匠に相談をした。するど、首を横に振られる。

「時間が少ない今、リュカに教えることはできない」

「え、なんでですか？」

不思議で仕方がなかった。剣術であっても、木刀を振るとか基礎的なことを学ぶと、後々楽になる。それなのになぜ。

「魔法は、長い年月でじっくりと学ぶのが大切なんだ。今、魔法を教えても変な癖が付かれるのが怖い。それよりかは今後指導してもらう人に基礎から教わった方がいい」

「……。そうですね」

そう言われると納得できる。剣術は木刀の重さに慣れるのが大切だから、素振りとかが必要。だけど長い間、誰にも教わらなかったら自身の癖が付いてしまう恐れもある。

魔法は基礎を教わる段階から癖が付いてしまう可能性があるということだと思う。

（それが今回は当てはまるということか）

「わかりました」

「エルも同様だ。だからここから先は、今後の師匠に教わるように」

「「はい!!」」

「俺はこれでお前たちの師匠を終わるが、これからも頑張れよ」

「次会う時は、俺たちの成長を楽しみにしていてください」

「あぁ」

その後、俺たちは師匠の送別会をして、師匠と別れた。俺とエルは師匠の後ろ姿を見ながら言った。

「本当にあの人が師匠でよかった」

「うん。本当によかったね」

心の底から師匠に感謝をした。

最初は剣術と魔術の師匠をつけてもらう話で迷っていたが、剣術のみの師匠でよかった。

もし、魔術の師匠をつけてもらっていても、魔素を魔法に変えることができなかったから、無駄になっていただろう。それに、最終的には初歩的な魔法のことは、学ぶことができたから最適であったと思う。

そして、あっという間に月日が流れて俺たちは十五歳になった。

そのため、今までの目的であったギャラリック学園の入学試験を受けるかどうか家族に相談をした。

「俺はギャラリック学園の入学試験を受けたいと思っている。ダメかな?」

その発言に家族全員が驚いた表情をしていたが、すぐにモリック兄さんが言った。

「いいと思うぞ。俺たちは落ちて騎士養成所に行っているけど、お前なら行けるさ」

「そうね、私も応援しているわ。頑張って!!」

その後、父さんも了承してくれたため、俺はもう一つの相談をする。

「エルも一緒に受けてもいいかな? 一緒に受験するために、エルにも頑張ってもらっていたから」

すると、父さんは少し考えた素振りを見せたあとに頷いた。

「……。わかった」

すんなりと父さんが了承してくれた。

そこから一週間ほど経って、俺とエルは入学試験の受験票を受け取り、受験会場へと向かった。

二章　入学試験

俺たちが住んでいるところは、ルグニア王国の主要都市——バリーから少し離れた場所にある。

そのため自宅を出て、すぐにエルと一緒に馬車へ乗り、数時間ほど経って、受験会場にたどり着いた。

目の前の建物と人の多さに、俺とエルは驚きを隠しきれなかった。

なんせ、建物がこの国随一と言っても過言ではないほどの作りをされており、受験者数も数えきれないほどいたのだから。

すると、エルは不安そうな表情をして尋ねてくる。

「リュカくん。私たち受かるのかな？」

「わからない。でも、自信を持とうよ。受からないと思って受験する人なんていないよ」

「そ、それもそうだね」

「落ちても死ぬわけじゃない。受かったらラッキーぐらいで受験しよう!!」

そう。俺たちが落ちたところで死ぬわけじゃない。それに今から受けようとしているギャラリック学園は合格者四十人に対して、受験者は全種族が来る。だから、受かったらラッキーぐらいで思った方がいい。でも、落ちる気はそうそうない。オーガを倒してから毎日のように練習に励み、誰よりも実力をつけたつもりだ。それに加えて、座学だって頑張った。

だからこそ、ここで実力を発揮したい。今までの努力を無駄にしたくないと思った。

エルの方を向くと、先ほどの発言に緊張がほぐれてきたのか、いつものような表情になっていた。

「うん!!」

そして、俺たちは会場入り口の列に並ぶ。

「やっぱり長蛇の列だね」

「あぁ」

入り口が見えないほどの列で驚いたが、このこともわかっていた。そこから一時間ほどエルと雑談しながら待っていると、やっと会場入り口へたどり着き、受付を済ませて会場内に入った。

「エルはどこで受験するの？」

「私は赤の三十番だったよ。リュカくんは？」

「俺は青の二番だった。まあわかっていたことだけど、受験する場所は違うね」

流石にこの人数を一つの教室でやるわけもないため、案の定別々の教室になった。

「そうだね……」

「じゃあ、お互い頑張ろう」

「うん‼」

俺はエルに手を振って、受験会場へと向かった。

歩いて十分ほどが経ち、やっと青の二番教室へとたどり着いた。中へ入ると、十五人ほど席に座っていたため、俺も空いている席に座る。そして、あたりを見回すと様々な種族がいて驚く。

（獣人族にドワーフ、それにあれはエルフか‼）

前世の時には見る機会がない種族ばかりで高揚感が高まる。

（やっぱり、エルフは美人なんだなぁ）

エルも美人ではあるが、このクラスにいるエルフは、ひときわ目立つほどのレベルであった。

「って、そんなに浮かれている場合じゃないだろ」

俺はそう呟いて、最後の悪あがきをするために歴史の本を読み始める。

ギャラリック学園の入学試験は筆記試験が必須項目であり、剣術と魔法の内一つを選んで受験する。そのため、ここにいる全員が最初に筆記試験を受けたのち、剣術と魔法の受験会場に分かれるかたちになっている。

俺は筆記試験と剣術を受験科目にしているため、ここで試験を受けたあと、剣術の試験会場へ向かわなくてはいけない。

次のことを考えながらも歴史の勉強を三十分ほどしていると、教室に試験官が入ってきて言われる。

「試験官のアミー・リリットです。本日はよろしくお願いいたします」

俺たちはその言葉に頭を下げると、次の言葉が言われる。

「これから筆記試験を受けてもらいます。カンニング疑惑がないように注意してください」

すると、一人の男子が質問をした。

「もし、カンニングをしていなくて、カンニングと見なされた場合はどうなるのでしょう?」

「その場合でも受験失格です」

その発言に、ここにいる全員がざわついた。だが、俺はみんなの反応に驚いた。

(そんなに驚くことか?)

疑わしきは罰せよ。当たり前のことだろ。

でも、すぐに俺の考えが間違っているのかなとも思った。なんせ、この考えは前世で身に付けた考えであり、この世界での考えではない。

すると、試験官が机を軽く叩いて言った。

「静粛にしてください」

その言葉に、全員が静かになった。

「では、試験の流れを説明いたします」

そう言って、淡々と説明を始めた。

まず試験時間は一時間半で、途中退室禁止。トイレの場合は試験官に言ってもらえれば、行かせてもらえるとのこと。

そして試験が終わり次第、昼休憩に入って午後から実技試験になる。

テストの配分として、筆記試験が六割、実技が四割になっているとのことまで言われた。

「皆さん、よろしいですか？」

その問いに、俺を含めた受験者全員が頷くと、テスト用紙が前の席から順に配られていった。その後、試験官が時計を見て、試験時間になった瞬間言った。

「試験開始」

俺はすぐさまテスト用紙を見る。

（え？）

最初に書かれていたテスト内容は、小・中学生の頃に学ぶ数学であった。

（こんなに簡単でいいのか？）

三桁の掛け算と割り算と確率の問題が少し出ていたけど、思っていたよりも簡単すぎて、驚きが隠しきれない。

そう思いながらも、数学のテストを難なくこなした。

次の項目に出てきたのは、歴史であった。こちらに関しては、実家の図書館で読んでいた内容がほとんどであったため、迷うことなくこなすことができた。

そして、テスト終了の時間になった時、試験官のアミーさんが言った。

「筆記用具を置いてください」

俺を含めた受験者全員が筆記用具を置いたのを確認すると話し始める。

「これより昼食の時間とします。昼食中はこのクラスに入ることを禁じます。実技の時間になる十分前には、この教室に集まっていてください」

アミーさんの言葉と共に、このクラスで受けていた受験者全員がクラスをあとにした。

（これなら、筆記テストで落ちることは無いな）

俺はホッとしながら、周りの言葉を聞いていると、受験者のみんながちらほらと話していた。

「計算、難しくなかったか？」

「あぁ。例年だと二桁の計算とかまでだったのによ」

その言葉に驚く。

（え、例年だともっと簡単だったのかよ……）

そう思いながらあたりを見回すと、受験者の大半が不安そうな表情をしていた。

そんな中、エルフの女性だけは平然と昼食を取る準備を始めていた。

（そうだよな。周りに惑わされてはいけない。俺もあの人みたいになろう）

俺はすぐさま、エルのいるところへ向かおうとした時、後ろから話しかけられる。

「ねぇあなた」

首を傾げながら声のする方向を見てみると、先ほど一緒に受けていたエルフの女性が立っていたため、恐る恐る尋ねる。

「えっと、どうしましたか？」

「あなた、名前は？」

突然名前を聞かれたため、少し不思議に思った。だけど、名前を言っても言わなくても変わらないと思ったので、伝えた。

「リュカと言います」

「そう。次の試験も頑張ってね」

「は、はい。お互い頑張りましょう」

すると、エルフの女性はこの場から去っていった。

(何だったんだろう？)

俺は首を傾げながらエルフの女性の後ろ姿を見ていると、洋服の袖を掴まれる。

「リュカくん……」

「エル。こっちに来てくれてありがと」

「うん……」

エルはなぜか不安そうな表情をしていた。

「テストできなかった？」

「テストはできたよ」

その言葉に首を傾げる。

(だったら、なんでそんな表情をしているんだ？)

「どうしたの？」

「さっき話していた人、誰？」

「あ〜。誰だろう？」

そう言えば、さっき名前を聞かれたけど、俺は聞いていなかったな。

「そっか……」

「うん。なんかテストが終わったあと、名前を聞かれたんだけど、それだけだったんだよね。本当によくわからない」

その後も、あまり煮え切らないような表情であったが、昼休憩の時間も限られているため、エルの手を引っ張る。

「時間もないからお昼食べよ」

「う、うん。でも、さっき話していた人じゃなくていいの？」

エルがそう言った瞬間、ものすごく不安そうな表情をした。

「あの人？　名前も知らない人と食べたいと思わないよ。それに俺はエルとお昼が食べたいんだ」

すると、エルは先ほどまでの表情とは一変して、満面の笑みになった。

「私もリュカくんとご飯食べたい!!」

「じゃあ場所を探そう」

俺はそう言って、エルと一緒に昼食が取れる食堂へと向かった。

中に入ると、席がほとんど埋まっていた。端の席を探すと、空いている場所があったので、そこで自宅から持ってきたお弁当を開けて、エルと昼食を取り始める。

「このサンドイッチおいしいね」

「そ、そう？　ならよかった」

「え、エルが作ったの？」

「調理長と一緒に作ったんだ」

その言葉を聞いて、心の底からエルのことを尊敬した。なんせ、今日はテスト当日であり、緊張しているはず。それなのに料理までしてくれていたことが、すごくないわけがない。

「ありがと」

俺はそう言ったあと、エルとお弁当を食べる。その時も、お互いテストの内容やできぐあいなどを話していたら、あっという間にお弁当が無くなった。

「じゃあ、次は実技だから一緒の場所だと思うからよろしくね」

「うん!!」

そして俺とエルは食堂をあとにして、教室へと戻った。すると、すでに教室内にはほとんどの人が座っていた。

（ギリギリだったかな？）

少し不安に思いながらも、試験官のアミーさんが来るのを待つ。

そこから十分も経たないうちにアミーさんが教室の中に入ってきて言った。

「これより、実技試験の試験会場に移ってもらいます。右側には魔法、左側には剣術で受ける方に分かれてください」

俺たちは言われるがまま分かれる。そこでエルフの方を見ながら思った。

（やっぱりあの人は魔法で受けるんだな）

すると、一瞬目が合って微笑みかけてきたため、驚く。

（⁉）

エルフの女性は視線をアミーさんの方へ向けた。俺もすぐさま前を向くと、教室に帽子をかぶった女性とガタイの良い男性が入ってきた。

「実技試験を魔法で受ける人は私についてきてください」

「剣術で受ける人は俺についてこい」

俺たち剣術組は言われるがまま、ガタイの良い男性について行った。

教室を出て、十分ほど歩いて外にある試験会場へとたどり着く。そこには、受験者が数えきれないほどいて、試験官らしき人物が十人ほどいた。

俺は受験者の中を見回すと、エルを見つけることができた。

（いたいた‼）

少し嬉しい気持ちになりながら見ていると、エルも俺に気付いたらしく、笑いかけてきた。

俺は口パクで頑張ろうと言ったが、エルは何を言われたのかわかっておらず、首を傾げていた。

そして、受験者全員が揃ったところで、試験官の一人が壇上に立ちあがって話し始めた。

「これから、剣術の実技試験を受けてもらう。ルールは簡単。筆記試験を受けた受験者同士で戦ってもらい、勝ったら次のステップに行ける。負けたら終わりだ。一応は例外もあるが、それは試験官に決めてもらう。何か異論はあるか？」

受験者のほとんどが、ざわついていたけど、異論を唱える者は一人もいなかった。

（まあ、試験官の雰囲気的に言える人はいないだろう……）

それに、俺的には、このルールは良いと思うけどな。なんせ、実技試験とは実際に剣術の実力を見ること。今後実戦を行った時、負けたら死ぬ。だから、状況的にも一度負けたら終わりの方が良いと思う。

俺がそう思っている時も、試験官は受験者を見回して品定めしているようであった。

「では試験官の指示の下、開始してください」

壇上に乗った試験官がそう言ったあと、俺たち受験者はクラスごとに別の場所へ移動させられた。そして、俺たちが受ける場所へたどり着いたところで、試験官が自己紹介を始めた。

「私はジョン・ザイルという。この試験の試験官を務める。これより試験の説明を始める」

そう言ったあと、淡々と試験の説明を始めた。

まず、ここにいる受験者は俺を含めて二十名。試験官の指示の下、相手が決められて、円形の闘技場の中で戦わされる。武器は木刀であり、一回でも負けたら終わる。

そして、最終的には五人にまで人数を削られる。

身体強化を使うのは禁止であり、実力のみで戦うのがルールであった。

五人に残った人は、次の実技試験を受けることができるらしい。

俺たちが内容を理解している時、試験官が次々と試験で対戦する相手を決めていった。そして、ついに俺にも相手が決まった。

相手は、子爵家の男子であり、俺より一回り大きいガタイをしていた。すると、対戦相手が話しかけてきた。

「お前が俺の相手か」

「よろしくお願いいたします」

「俺は弱い者を倒すことに興味が無い。降参してくれると助かる」

「それは無理です」

そう答えると、ため息をついてきながら言われる。

「そうか。じゃあ悪いが負けてもらうからな」

「やってみなくちゃわかりませんよ」

俺がそう言った瞬間、試験官のジョンさんが話し始めた。

「これより試験を開始する。名前を呼ばれた者は、闘技場に入るように」

そして、ついに実技試験が始まった。

自分の出番が来るまで、観戦をしていなくてはいけないため、目の前で起きている実技試験を受験者全員が見ていた。

まず、右側に立っている男子が正面から斬りかかっていくが、対戦相手の男子が避ける。そして案の定、攻撃を仕掛けた男子は体勢を崩した。それを見逃さず、避けた男子が左に一回、右に二回フェイントを入れて、腕をしならせて下から斬りかかった。その攻撃をもろに対戦相手の男子は受けてしまい、気絶してしまった。

(この人、強いな)

俺がそう思っていると、ジョンさんが言った。

「勝負あり」

試験官が気絶している男子を安全な場所に移動させて、次の試験が始まった。それから、数試合にわたって次々と試験が続く。それを見ていた俺は試験を行っている人たちに驚く。

（……）

ハッキリ言って、ここまで戦っていた人のほとんどが弱いとしか思えなかった。なんせ、初戦で戦っていた男子のみ強いと感じたが、それ以外の人は真正面から戦っていて、初心者にしか見えなかったのだから。

（これが普通なのか？）

そう思いながらも、目の前で行われる試験を見ていたが、どの試合も重心の使い方、剣の型などが身についていなかった。

そして、ついに俺の番がやってくる。

俺は対戦相手である子爵家――バック・モーロと対面する。すると、バックさんは睨んできた。

（そう睨まれても……）

だけど、油断はいけない。もしかしたらバックさんは先ほどまで戦っていた人たちとは違い、ものすごく強いのかもしれない。

（本気でいくしかない）

俺がそう思っていると、ジョンさんが合図を出して、試験が始まった。

まず俺が構えていると、バックさんは正面から斬りかかってきた。そのため、バックさんの足や剣を持っている向きから斬りかかってくるのを予測して、避ける。

すると、バックさんは驚いた表情をしていた。

(やっぱりバックさんも他の受験者と同じか)

俺が少し落胆していると、バックさんはまたもや正面から斬りかかってくる。

(同じ攻撃をされても……)

内心ため息をつきながら、バックさんの攻撃を避け続ける。すると、バックさんが言った。

「な、なんであたらないんだ!!」

「……」

(攻撃する方向がバレバレだからだよ!!)

そう言ってしまいそうになるが、流石に言いとどまった。なんせ、今行われているのは試験。相手に弱点を言うほど、親切でもない。

「お、お前。何か魔法を使っているだろ!!」

「いやいや。魔法を使っていたら試験官が止めるでしょう」

俺はそう言ってジョンさんの方を向く。

続くようにバックさんも向くと、ジョンさんは首を振って魔法を使っていないことを示した。

「ほらね？」

「だ、だったらなんで!!」

「い、いやぁ。まあどうでもいいでしょう」

そう。ぶっちゃけ、現時点でこの人に負ける予想がつかなかった。だから、理由を教えたところで俺に意味があるとは思えなかった。

「クソ!!」

バックさんはそう言いながら、俺に攻撃を仕掛けてきたが先ほど同様、どの攻撃も単調であり、避けるのに造作もなかった。

「……」

俺が無言で避け続けていると、バックさんが睨みつけてきながら言った。

「なんで攻撃してこないんだよ。避けることだけができる奴なのか？」

「ごめんなさい。少し考え事をしていました。これで終わりにします」

「やってみろよ!!」

バックさんが近づいて攻撃をしてきた。俺はそれを避けてバックさんの一瞬の隙をついて、相手が持っている剣を宙に浮かせた。

するとバックさんは何が起こったのかわかっていない表情をしていた。

「勝負あり」

俺は次の試験が行われるため、闘技場から出て先ほどいたところに座ると、あたりの受験者が不気味な目でこちらを見てきた。

流石にその視線を無視していたら、バックさんが俺の隣に座ってきた。

「な、なあ。なんで俺の攻撃を避けられたんだ？」

その問いに一瞬、言おうか迷ったけど、恥をしのんで尋ねてきたのを無下にはできなかった。

「まず、剣の型がなっていません。それに加えて足の向きや重心が丸わかりです。だから、避けるのも簡単だったんですよ」

「そうか、ありがとう。俺が未熟だったということか」

俺はなんて言っていいかわからなかったため、返答せずに試験の観戦に戻った。

その後、あっという間に全ての試験が終わった。

「今回負けた奴は帰っていいぞ。勝った奴は次の対戦相手を指示する」

その言葉と共にバックさんが俺に一礼して、負けた人たちと帰っていった。

それを確認したジョンさんが俺たちに視線を送ってくる。

「では、試験一回戦突破おめでとう。二回戦の対戦相手を発表する」

すると、他の受験者が一斉に俺のことを見てきた。

「⁉」

（なんでこっちを見てくるんだ？）

少し不気味に思いながらも、ジョンさんの言葉を待つと、ジョンさんは次々と対戦相手を発表していった。そして、先ほど初戦で戦っていた人と俺の名前を言った。

（あの人かぁ）

ここにいる中で一番強い人だと思う。なんせ、剣の型はきちんとしていたし、最低限の実力があったのだから。

俺はそう思いながら対戦相手のことを見ていると、その相手がこちらへ近寄ってきた。

（え……）

先ほどみたいに文句を言われたらどうしようと思ったが、予想とは裏腹に穏やかな雰囲気で話しかけられた。

「初めまして。伯爵家のアイン・トーラルと申します。先ほどの試合拝見していました」

「あ、ありがとうございます。男爵家のリュカ・バルトです」

「是非あなたとは戦ってみたいと思っていました。ですがこの試験、棄権します」

「え？」

驚きを隠しきれなかった。なんせ、棄権するということは試験を破棄するということなのだから。

俺が呆然と立っていると、ジョンさんがこちらにやってきた。

「アイン。なぜ棄権する？」

「先生ならわかっているでしょう？　今の私の実力ではこの人には勝てない」

「それでも戦うのが普通なんじゃないか？」

その言葉に、俺も頷いてしまった。だって、負けるとわかっている相手でも引き下がれない場面はある。現に今行われている試験がそれだと思う。ギャラリック学園に入学するチャンスを自分の意志で潰しているのだから。

すると、アインさんは腕を軽く見ながら言った。

「少し、腕に違和感がありまして棄権する判断をいたしました。多分、魔法で治すことはできるのですが、次の一戦には間に合わないと思います」

(怪我をしていたのか。いや、元々の怪我があったのか？)

俺がそう思っていると、ジョンさんは無言で考えていた。

「わかった。これから行われる試験が終わるまで待っていろ」

「はい」

「リュカは不戦勝で次に進んでもらう」

「わ、わかりました」

すると、アインさんが俺に話しかけてきた。

「今回は申し訳ございません。ですが、機会があれば今後戦ってもらえると嬉しいです」

「はい」

俺はそう言ったあと、端によって地面に座ると、試験が始まった。

先ほど行われた試合を見ていたため、見ごたえのあるのが無いまま次の試験に進める五人が決まった。

そして、移動を始めようとした時、ジョンさんがアインさんに言った。

「アイン、お前も来い。ここにいる受験者や試験官も納得するはずだ」

(え、そうなの？)

俺のみが首を傾げていたが、他の受験者全員は納得した表情をしていた。

「あ、ありがとうございます」

アインさんがそう言ったあと、合格者全員で最初に実技試験の説明をされた場所へ戻り始めた。

その時、俺はアインさんに話しかける。

「アインさんって何者なんですか？」

「俺の方こそあなたが何者なのか聞きたいですよ」

「えっと……」

（前世で聖騎士でしたなんて言えないし）

俺が口籠っていると、アインさんは首を振って言う。

「まあ話せるときに教えてくれたらいいですよ」

「ありがとうございます……」

「リュカさんの質問の回答ですが、私の父はルグニア王国の剣聖です。そのため、私もそれなりに鍛えられてきました。だからだと思いますよ」

「あ～」

それを聞いて納得した。だから先ほどまで見ていた受験者とは格が違うわけだ。

「自分で言うのもなんですが、私はそこそこ強いです。それなのにリュカさんの試合を見て勝てるビジョンが見えませんでした」

「……」

「なので、是非機会があれば一緒に練習したいですね」

「是非」

俺もこの国で強いと言われている人と戦ってみたい。それに試合を見ている感じ、いい戦いはできそうだと思った。だからこそ、試験で戦いたかった。

その後も、アインさんと軽い雑談をして試験内容を説明された場所に戻ると、最初にルールなどを説明していた試験官が言った。

「これより二十分間の休憩を入れる。その後、最終試験の説明をする」

すると、あたりにいる受験者全員がホッとした表情で地面に座り込んだ。

そのため、俺も同様に地面に座ろうとした時、後ろから声が聞こえた。

「リュカくん!!」

「エル。通過したんだね」

「うん!! リュカくんのおかげ」

「?? 何かしたっけ?」

「毎日稽古してくれたおかげだよ。魔法に頼らず剣術を鍛えろって言ってくれたのはリュカくんだよ‼」

「あ〜。そう言えばそうだったね」

エルには魔法に突出せず、普通の剣術を身に付けるように言っていたな。そう思い出していると、隣にいるアインさんが言った。

「えっと、リュカさんのお知り合い？」

「知り合いというか、俺の専属使用人です」

俺がそう言うと、エルが一歩後ろに下がって挨拶をした。

「お初にお目にかかります。エル・フォワと申します」

「アイン・トーラルです」

アインさんはそう言って、エルに頭を下げた。すると、エルはあたふたとしながら俺の方を見ていた。

（いや、こっちを見られても……）

そう思っていると、アインさんが頭を上げて、俺の方を見てきた。そのため、少し疑問に思っていたことを聞く。

「アインさん、次の試験はどんなものだと思いますか？」

「そうですね。まあ、例年通りならこの時点で受かる人と落ちる人は決まっています」

その言葉を聞いた瞬間、俺とエルは首を傾げた。

「え？」

「筆記試験の内容も含まれるため、全ての人が決まっているわけではないと思います。ですが、実技試験で優秀な成績を収めた人は現段階で合格認定されているはずです」

「そ、そうなんですね」

そう言いながら、ふと思う。

（俺はどっちなんだ？）

俺たちが受けたグループの中では、俺が一番よかったとは思う。だが、全体で見てトップの実力を発揮したのかと言われるとわからない。

それに加えて、実技試験は剣術だけではなく、魔法もある。そのため、現段階で合格が決まっている人はそれほど多くないと思った。

（気は抜けないってことだよな）

そう考えていると、俺たちの方へ男性が近づいてきて、エルに言った。

「エルさん、さっきは素晴らしかった。なので、もしよかったら私の家で働きませんか？」

その言葉を言っている時、この人はずっとエルのことをなめまわすかのように見ていた。

「申し訳ございません。私はリュカくんに仕えているので無理です」

すると、目の前の男性が俺を見て薄ら笑いをしてきた。

「そうですか。では、私がこの男に勝ったら私の専属使用人になってください」

「ごめんなさい」

「大丈夫です。絶対に勝ちますから」

「だ、だから……」

エルはどうすればいいかわからないようで、俺に助けを求めてきた。

「まずですね。試験をするにあたって、私情で条件を加えるのは良くないと思いますよ」

そう。今行われているのは試験であって、お遊びじゃない。そんな状況で勝ち負けの際に条件を付け加えるのは良くない。

だが、目の前の男性はそう思っていないようであった。

「それはお前が決めることじゃない。私は伯爵家だぞ」

「……」

（いやいや、そういう問題じゃないだろ!!）

だけど、この人に何を言っても無駄だとも思ってしまった。

（はぁ～。どうするか）

頭を悩ませていると、後ろからジョンさんと最高責任者の人が近寄ってきた。そして、二人で何かを話したあと、ジョンさんが言った。

「今の話、聞かせてもらった。二人で決闘してもらっていいぞ」

「え……」

俺はその言葉に驚きを隠しきれなかった。なんせ、試験官は公的な立場の人であって、私情を持ち込んだ人の肩を持つなんて思ってもいなかったのだから。

「ありがとうございます!!」

「だが、お前たちで決めた条件に加えて条件がある。まず、勝った方はギャラリック学園に入学してもらう。逆に負けた方は一生ギャラリック学園に入学することを禁ずる」

「は？」

その言葉を聞いた伯爵家の男子は茫然としながら言った。

「当たり前だろ。お前たちの私情を容認してやっているんだから、負けた方には罰を受けてもらう」

「……。決闘を断ることはできるのですか？」

俺はそう言った。ハッキリ言って受けるデメリットが大きすぎる。この勝負に勝って合格するのは嬉しいが、それ以上に負けた際にエルを失うのが嫌だ。たった一人の友達。それをこんなかたちで失ったら、確実に後悔するに決まってる。

「リュカ。それは無理だ」

「な、なんでですか？」

「それはお前が一番わかっているんじゃないか？」

「……」

俺は伯爵家の男子を見ると、男子は笑みを浮かべていた。

（そういうことかよ）

先ほどまでは、試験に私情を持ち込んではいけないという正当な理由があったけど、現状はそれが無くなった。そんな状況で断るということは、伯爵家が俺の実家に圧をかけてくる可能性が高いということ。

「わ、わかりました。この決闘を受けます」

　すると、ジョンさんが伯爵家の方を見て言った。

「ザックはどうするんだ？」

「もちろん受けます」

「では、このあとすぐに決闘をしてもらう。ルールは先ほどと同様で頼む」

「「はい」」

　そして、ザックさんがこの場から立ち去ろうとした時、俺の耳元で囁（ささや）いてきた。

「お前みたいな雑魚（ざこ）には、エルさんは相応しくない。エルさんは俺のものだ」

「……」

（エルは俺のものでもないんだけどな）

　そう。エルは誰のものでもない。エルの人生はエルのものだ。

　そう思っていると、ジョンさんが立ち去り際に俺に言った。

「これでも譲歩したつもりだ。さっきの戦いを見てから、お前には期待している。がっかりさせるなよ」

（期待か……）

その言葉に懐かしさを感じた。なんせ、前世の頃はできて当たり前の世界であったし、今世では師匠以外に期待されていなかったのだから。

（頑張るか）

俺のために。エルのために頑張ろう。

俺は手を腰に当てて一息つく。

「ふ〜」

その時、後ろから裾を掴まれる。

「リュカくん。ごめんね」

俺はすぐさま後ろを振り向くと、エルは泣きそうな表情をしていた。

「エルのせいじゃないから気にしないで」

エルが何かをやらかしたわけじゃない。ザックが自分勝手にエルへ近づいていただけ。

「でも……」

「大丈夫だって。それに勝てばいいだけだからさ」

そう。結局のところ、俺がこの決闘で勝てば丸く収まる。

「……」

それでも、エルは俯いていた。

「俺のこと、信用できない？」

「ち、違う!!」

「じゃあ、信用して。俺にとってエルは大切な存在だから」

俺がそう言うと、エルは顔を真っ赤にしていた。

(??)

なぜ顔を赤くしているのかわからなかったが、エルに言う。

「お互い、試験に受かったら楽しもうな」

「うん!!」

そして、休憩時間が終わるとジョンさんが言った。

「今から、最終試験を行ってもらう。試験は最初に行ったかたちと同じだ。だが、勝ち負けが合格につながるわけではなく、私たち試験官が良い人材と判断した人のみを合格とする」

その言葉を聞いた受験者全員が、ざわつきだした。すると、一人の男性が質問をした。

「良い人材とはなんですか？」

「それはお前たちが知る必要はない」

「……。わかりました」

「では、まずリュカとザック。前に出るように」

俺とザックは言われるがまま闘技場へ入ろうとする。その時、アインさんが言った。

「頑張れ」

「ありがとうございます」

そして、ザックのあとに闘技場へ入ると、ジョンさんが言う。

「これより、最終試験を始める」

ジョンさんは俺とザックに視線を向けてくる。それに対して、俺とザックは頷くとジョンさんが上げた手を振り下ろした。

「始め」

その合図と共に、ザックは正面から攻撃を仕掛けてくる。それを俺は避けると、ザックは一歩下がって距離を取った。

(最初に行われた実技試験の相手より強いな)

正面から攻撃を仕掛けてきた時は、前と同じかと思った。だけど、次の行動を考えて一歩引ける状況で攻撃を仕掛けてきたのだ。

それを見ていたエルは、少し不安そうな表情をしていた。

俺はその表情を見て、早く終わらせようと決意した。そのため、次は俺が正面からザックに近づいて、斬りかかる。だが、予想通り避けられる。

すると、ザックが笑い始める。

「こんな雑魚がエルさんの主人とは笑えるな」

「そうですか」

俺がそう言った瞬間、ザックは左右に一回ずつフェイントを入れて攻撃を仕掛けてくる。だけど、重心や剣の向きなどから本命を予測して、最後の攻撃を放ってくる前に一歩下がる。

すると、ザックは驚いた表情をした。

俺はそれを見逃さず、距離を詰めて攻撃を仕掛ける。

「は？」

ザックは何が起こったのかわからないまま、地面に倒れた。

その後、徐々に木刀の振る速度を速めて攻撃を仕掛けると、三打目にはザックは降参のポーズを取った。

「勝負あり」

その言葉にエルとアインさんは喜んでいた。そのため、俺は試験場をあとにして、エルたちの元へ行こうとした。

その時、ザックは自身が持っている木刀を俺に投げつけてきた。

(え……)

俺が驚いていると、ジョンさんが瞬時に動いて、木刀を跳ね返した。すると、木刀が受験者である金髪女性の方向へ飛んでいった。

(や、やばい!!)

すぐさま身体強化を使い、金髪女性の目の前に移動して木刀を空中に飛ばす。そして、後ろを向いて言った。

「だ、大丈夫ですか?」

「は、はい。ありがとうございます」

「いえ。こちらこそ私の試合に巻き込んでしまって申し訳ございません」

ザックの方を見ると、試験官たちに押さえつけられていた。

「あ、あいつは何か魔法を使ったに違いない!! あんなに早く剣を振れるはずがない!!」

「いいや、リュカは魔法を使っていなかった。それよりも、お前の処罰はこれから決める」

　その言葉を聞いたザックは、暴れ始めたが、それもあっけなく終わった。

　そして、ジョンさんが俺の方へ近寄ってきて言った。

「まずは勝利おめでとう。それとありがとう」

「いえ、お気になさらず。それとありがとうございます」

　俺は一礼して、エルの元へ向かった。

「リュカくん。おめでとう!!」

「ありがとう」

「リュカさん。おめでとうございます」

「ありがとうございます」

　すると、エルが涙を流した。

「ど、どうしたの!?」

「な、なんでもないよ。ホッとしただけ」

　それを聞いた時、もう少し早く終わらせればよかったと思った。今回、早く終わらせるように努力はしたが、安全策も取っていた。最速で終わらせるなら、最初から本気で戦うのが一番だ。だけど、もし俺の本気の速度にザックがついてこられて、慣れてしまえばという不安もあった。

「ごめん」

「リュカくんは悪くないよ‼」

「それでもね……」

すると、お互い少し気まずい雰囲気になった。

（……）

なんて声をかけて良いかわからなかった時、アインさんが言った。

「次は俺たちの番ですね」

「そうですね。エルとアインさん。頑張ってください」

「うん‼」

「はい」

その後、着々と試験が進んでいき、アインさんの試験が始まった。だが、一分も経たないで終わってしまった。

それを見た俺は少し思った。

（アインさんと戦ってみたかったな）

最初の実技試験の時は、実力の半分も出していなかったのだとわかる。それほど今回の戦いでは相手を圧倒していた。

そして次はエルの試験が始まった。だけど、アインさん同様に短時間で終わってしまった。

（エルってこんなに強かったのか）

今まで一緒に練習をしてきたので、ある程度の実力はわかっていた。だけど、剣術がここまでできることを知らなかった。

すると、エルがこちらへ駆け寄ってきた。

「リュカくん!!　見てた？」

「うん。おめでとう」

俺がそう言うと、満面の笑みで言われる。

「ありがと!!」

そして、最終試験の最後になると、先ほど助けた女性が出てきた。

「アインさん。あの人、知っていますか？」

「はい。この国の剣姫ですね」

「剣姫？」

（なんだそれ？　てか、もしかして助けたのも迷惑だったかな？）

俺が首を傾げていると、アインさんは説明し始めてくれた。

「この国には私の実家である剣聖一家があります。ですが、剣姫は一人でその地位までたどり着いた人です」

「へ～。じゃあものすごく強いってことですよね？」

「はい。私が今まで勝てないと思ったのは剣姫とリュカさんの二人です。それぐらいには強いです」

「アインさんにそう言わせるってことは、本当に強いんですね。楽しみだ」

アインさんが弱いわけじゃない。なんなら、前世の頃に戦った猛者の人たちと比べても遜色はない。そんな人にここまで言わせるということは、それほど強いということなんだろう。

俺がそう考えていると、アインさんが指をさした。

「始まりますよ」

その言葉と共に、試験官の合図があった。

「始め」

すると、剣姫の相手が距離を詰めて攻撃を仕掛けた時、剣姫はその力をうまく利用して木刀を空中に飛ばした。そして、対戦相手に木刀を突きつけていた。

そして、あっという間に試験が終わった。

その時、一瞬剣姫がこちらを見た気がした。

（なんだ？）

そう思いながらも、先ほどの戦いを思い出す。

（強かったな）

誰がどう見ても強いとわかる一戦であった。だけど、それなりに剣術をかじっている人ならわかる。この人はまだ本気を出していないと。

いや、本気を出していないわけではない。剣姫は相手の力を利用する技術が得意なんだと思う。

だけど、相手の力を利用する際、なんの躊躇もなかった。それがどれほどやばいことか。

なんせ、躊躇いがないということは、この相手は自分よりも弱いと瞬時に判断したのだから。

（でも、判断する材料はどこにあった？　なかったはずだ）

なら、この人は受験者の実力程度なら余裕でできるという自信があるのだと思う。

（でも、まだあるはずだ）

さっきの試験だけでも強いのはわかる。だけど、あれだけではアインさんが負けると思うほどではない。

「気になるな」

俺がボソッと呟くと、エルが言った。

「何が？」

「ん？　あ〜、剣姫のことがね」

すると、エルは頬を膨らませて言う。

「やっぱりリュカくんはあの人みたいに美人が好きなんだね」

「え？」

何を言っているのかわからず、首を傾げる。

「別に」

エルはそう言って、そっぽを向いてしまった。

俺はエルに何て言って良いかわからなかったため、とりあえずアインさんにお礼を言う。

「アインさん。今日は本当にありがとうございました」

「いえ、こちらこそありがとうございました。次は同じギャラリック学園の生徒として会いましょう」

「はい」

そして、アインさんと別れた。その後、エルの機嫌取りをしながら屋敷に戻っていった。

居間に入ると、まずモリック兄さんとグレイ兄さんに試験のことを聞かれる。その後、父さんと母さんに聞かれて一日が終わった。

そこから一週間ほどが経ち、試験結果の通達が送られてきた。俺はすぐさま、エルの元へ駆け寄っていった。

「エル!!　試験の結果が来たぞ」

すると、エルは今にも吐いてしまいそうな表情をしていた。

「大丈夫だよ。絶対に受かってる」

「う、うん」

まず俺の試験結果を見る。

【合格】

その文字を見た瞬間、俺とエルは叫んだ。

「リュカくんおめでとう!!」

「ありがとう!! でも、試験中に言われていたからわかってはいたけどね」

「それでもだよ!!」

「うん。じゃあ次はエルだね」

エルは合否が入っている手紙を開けようとした。だが、手が震えていたため、エルの手を握る。

「大丈夫。大丈夫だから」

そう言って、エルの気持ちを落ち着かせる。

俺の見立てでは、剣術組で五本の指には入る実力を示していた。それでも、落ちているのなら、筆記試験ができなかったか、身分の差だと思った。

すると、エルは一呼吸おいて俺の方を見てくる。

「開けるよ」

「うん」

そして、手紙を開けると、俺と同じように【合格】の文字が書かれていた。それを見た瞬間、エルは泣き出した。

「リュ、リュカくん。受かったよ!!」

「おめでとう」

「もし、落ちたらリュカくんに迷惑がかかっちゃうと思ってて……」

（そんなことを考えていたのか）

「でも、これで一緒に学園に通えるね!!」

「そうだね!!」

その後、お互いの家族に報告したら、案の定喜んでくれて、今日の夜は豪勢なご飯が出た。

そこから俺とエルがギャラリック学園で必要なものを集め始めて、あっという間に入学式の前日になった。

「明日から念願の学生か」

前世では味わうことができなかった学生生活。それを考えただけでワクワクが止まらなかった。

俺はそう思いながら布団の中に入って、寝ようとする。だが、時間がいくら経っても寝られなかった。

（こんなに緊張するのか）

自分でも驚いていた。前世でもこんなことは無かったから。

すると、扉をノックされた。

「はい？」

「私だけど……」

俺は扉を開けると、そこには寝間着姿のエルが立っていた。

「眠れないの？」

「う、うん」

「俺もなんだ。ちょっと雑談でもする？」

「うん‼」

俺は、エルを部屋の中へ通して、学園生活では何をしたいのか、どんなことを学びたいのかなど一時間ほど雑談をした。

「私、今でも入学できることが夢みたい」

「そっか」

「リュカくん。本当にありがと」

「お礼を言われる筋合いはないよ。エルの実力で勝ち取ったんだから」

俺がそう言うと、エルは首を振った。

「違うよ。私を助けてくれてありがとう」

「え？」

その言葉の意味がわからなかった。

「あの頃、リュカくんが私に話しかけてくれなかったら、今もバルト家の使用人として生きていたと思う。だけど、リュカくんのおかげで剣術や魔法を覚えることができたし、ギャラリック学園にも入学することができた。だから、ありがと」

その言葉を聞いて、俺は頭を掻いた。なんせ、面と向かってお礼を言われたことが無かったから。

「それは俺もだよ。エルがいなかったらここまで充実した人生を送れていなかった」

エルがいてくれたから頑張ろうと思えたし、友達ができた。だから、俺はエルに感謝してもしきれない。

その後、軽い沈黙が起きた。

（なんだ、この状況⁉）

すると、エルが俺の元へ近寄ってきた。

「今日は一緒に寝てもいい？」

「え？」

俺が呆然としていると、エルは首を傾げて言った。

「ダメ？」

「い、いやいいよ」

その言葉にエルはものすごく喜んでいた。

（まあ、一日ぐらい大丈夫か）

そして、二人で何事も無く就寝した。

三章　学園

目を覚ますと、横にはエルが寝ていた。

（可愛いな）

そう思いながら、俺は布団から出た。

（この部屋ともおさらばか……）

そう。ギャラリック学園は全寮制であり、今までみたいに毎日実家へ帰れるわけじゃない。

そう考えると、少し寂しいなと思った。

（って、それよりもエルを起こさなくちゃ‼）

俺はエルの体を揺さぶりながら言った。

「エル。朝だよ」

すると、目を擦りながらエルが言った。

「リュカくん。お、おはよ～」

「おはよ」

エルも布団から出てきて、自室へ戻って行った。それを確認した俺は、すぐに身支度をして食堂へと向かった。

案の定、エルはまだ食堂にたどり着いていなかったため、先に席へ座る。そこから五分もかからないでエルも部屋に入ってきた。

そして、エルと共に朝食を取って屋敷を出た。すると、外には俺とエルの家族、メイドのケーシーがいた。

「リュカにエル。今日からの学園生活を楽しめ。あと、たまに顔を出せ」

「「はい」」

その後、一人一人言葉を貰って俺たちはギャラリック学園へと向かった。

馬車で数時間揺られてギャラリック学園へとたどり着いた。すると、教員たちが俺たちを出迎えてくれる。

「リュカ・バルトくんとエル・フォワさんですね？」

「「はい」」

「クラスはあそこの掲示板に記されていますので、確認して教室に入ってください」

「「ありがとうございます」」

俺とエルは頭を下げて、教師が指をさしていた掲示板へ向かった。

（え～と。俺の名前は……）

あったあった。Ａクラスなのね。

俺はそう思いながら、他の名前も見てみる。すると、エルとアインも同じクラスであった。

「エル、一緒のクラスだね」

「うん、本当によかった!!」

「だな。それにアインさんも一緒のクラスっぽいし、楽しくなりそうだ」

「うん!!」

その後、俺とエルは掲示板に書いてある教室へと向かった。

教室へ入ると、すでにアインさんが座っていたため、話しかける。

「アインさん。お久しぶりです」

「お久しぶりです。リュカさん、エルさん」

「お久しぶりです」

そして、俺がクラスを見回していると、そこには筆記試験で同じクラスにいたエルフの女性と剣姫がいた。

（あの二人も一緒のクラスなのか）

少し驚きながらも、自分の席へ座ってホームルームが始まるのを待つ。すると、最初は獣人族の男性が入ってきた。その後、ドワーフ、人族と続いて、最終的にはクラスは九人になった。

そこから十分ぐらい経ったところで男性教師が入ってくる。

「おはようございます。このクラスの担任をさせてもらうトーア・フレックです」

（トーア先生っていうのか）

「まず皆さん入学おめでとうございます。このクラスは入学試験で上位の成績を収めた人が入っていますので、全員で頑張ってください。まずは学園長の話があります」

すると、目の前にスクリーンが現れて、歳を取った男性が二人座っていた。

「学園長のキーバと申します。皆様、ご入学おめでとうございます」

学園長は、隣にいる人に視線を向けた。

「副学園長のファットです。皆さんご入学おめでとうございます。これから皆さんには様々なことを学んでもらいます。魔法に力を入れるもよし、剣術に力を入れるもよし。また、どちらにも力を入れるのもいいと思います。ちなみに私はテイマーです」

副学園長がそう言った瞬間、目の前にウルフが現れた。

「テイマーはこのようにモンスターを使役することができます。テイムしたモンスターには、テイムした者の紋章が記されて、他のモンスターとは違うことがわかります。テイマーの最上位はドラゴンなどもテイムできるため、頑張ってください」

その後、学園長からの話があって、目の前のスクリーンが消えた。

「みんなには自分の突き進む道を見つけてもらい、頑張ってもらいたい。では、私からも学園の説明をさせてもらう」

内容として、ギャラリック学園は三年制であり、身分などは関係なく、完全実力主義ということ。そして、クラスは四つあり、成績が悪かったら落ちる可能性があるらしい。

それに加えて、ギャラリック学園は授業という授業があまりない。学期末の試験さえクリアすれば進級できるとのこと。

そして、説明が終わったあと、トーア先生が言う。

「最後に、他のクラスは前期で座学や剣術、魔法の基礎を学びますが、皆さんは特に問題ないと思いますので、前期の試験内容をお教えします」

それを聞いた俺は、質問をする。

「魔法が使えない場合はどうすればいいですか？」

「大丈夫です。後期になったら剣術や魔法の授業もありますので」

（いやいや、魔法が使えないんだから試験がクリアできないかもしれないだろ‼）

俺がそう思っていると、それがわかっているかのように言われる。

「前期は入学者の基礎を見るため、ダンジョンに潜ってもらいます」

それを聞いたクラスメイト全員が少し驚いていた。

「ダンジョンは一階層から十階層まであり、皆さんには三階層まで行ってもらい、コアを取ってきてもらいます。ちなみに、二年次は七階層、卒業するときには十階層までクリアしてもらいます」

「……」

「一年次で十階層のコアを取ってくることができれば、飛び級もできるので頑張ってください」

そう言ったあと、今後のスケジュール表を渡して、トーア先生はクラスを去っていった。

（どうするか……）

まず、俺の目的は前世以上の剣術を会得すること。それに加えて、学園生活を満喫すること。だから、すぐにダンジョンを攻略するっていうのもどうなんだろうと思った。

そう考えている時、エルとアインさんが近寄ってきて、話しかけてくる。

「リュカくん。これからどうする？」

「どうするって言われてもなぁ……」

「三人でダンジョンに潜りませんか？」

「え？」

その言葉に、つい聞き返してしまうと、目の前に立っているエルフの女性が話に入ってくる。

「私も一緒に行っていいかしら？」

俺は、エルとアインさんの方を向くと、二人とも頷いていた。

「是非お願いします。リュカ・バルトと言います。隣にいるのがエル・フォワです」

「私はアイン・トーラルです」

「私はイブ・リリエットです」

俺やエル、アインはその言葉に驚きを隠しきれなかった。なんせ、リリエットと言えば、エルフ国の王族なのだから。

その時、イブさんの隣から剣姫が来た。

「久しぶり。イブさん、アイン」

「お久しぶりです」

「久しぶり」

俺とエルはどんな対応を取っていいかわからず、戸惑っていると、剣姫が言った。

「えっと、初めましてリュカさんにエルさん。私、公爵家長女のアリス・ムーアと言います」

「「よろしくお願いします」」

「それでだけど、私も一緒に行っていい？」

俺がみんなの方を向くと、全員と視線がかみ合った。

（全員いいのね）

「お願いします。ですけど、いいのですか？」

「何が？」

「だって、あっちもグループができていますので」

そう。向こう側には人族二人と獣人族、ドワーフが組んでいた。

「いいんです。だって、知り合いがいる方が楽しそうだもの。それにあっちのグループに行ったら、イブさんとは一緒になれないですしね」

その言葉に俺は首を傾げた。

「私たちエルフ族はドワーフ、獣人族と仲が悪いんです」

「そ、そうなんですね」

「はい。それで一つお願いがあります。敬語をやめませんか？」

（その提案はありがたい）

なんせ、俺やエルからは絶対に言えない言葉だったから。ギャラリック学園では身分の差は無いと言われていても、それは上辺でのことである。だからこそ、身分が高い人から言われたのが、ものすごくありがたかった。

そして、俺たちが了承すると、イブが言った。

「でも、ごめんなさい。今までの教育上、敬語が抜けないので徐々になくしていければと思っています」

（王族ってそういうものなのか）

俺はそう思いながら頷くと、みんなも続くように頷いた。

「では、来週にでもダンジョンに潜りましょう。フォーメーションなどは追々話すってことで」

その言葉に、俺たちは頷いたが、アリスだけ拒絶した。

「もっと、みんなの実力を知ってから行った方がいいんじゃない？」

「そうですね。でも、それをダンジョンでやればいいいんじゃないですか？」

そこから、イブとアリスの話し合いが続いたが、結局アリスが折れ、来週ダンジョンに潜ることになった。

その後、軽く五人で雑談をしてから寮へと戻った。

（入学当日から、すごいパーティができたな）

王族に剣姫、剣聖。そして俺とエル。普通に考えたら、こんなことは起きない。だって、俺は男爵家でエルは奴隷。そんな人が王族や剣姫と組めるはずがないのだから。

（これが、学園か……）

これだけでも、通ってみてよかったと思った。その後、軽く明日の準備をして就寝した。

そして次の日、俺がクラスに入ると、すでにみんなが座って話していた。

「リュカくん。おはよ〜」

「エルおはよ。それにみんなもおはよう‼」

俺もみんなの輪の中に入る。すると、イブが言った。

「じゃあ、今日はみんなで戦うフォーメーションを決めましょう」

俺たち全員が頷いて、自身の得意な分野を話し始めた。

まず、俺とアリス、アインは前衛が得意。そして、エルが中衛、イブは後衛が得意ということもあり、まずは前衛三人、中衛と後衛が一人で戦うことになった。

「アリスにアインは魔法を使うことができる？」

「私は多少できるよ」

「俺も少しならだな。でも基礎的なことしかできない。リュカはできないんだっけ？」

「あぁ。身体強化しか使うことができない」

すると、アリスが言った。

「じゃあ、さっきの話に戻るけど、私とリュカが最前線、アインとエルが中衛、イブが後衛でどうかしら？」

「俺、あまり魔法は使えないぞ？」

「大丈夫、アインには剣術での支援をしてもらうから」

その言葉を聞いて、俺とアイン、エルは納得した。だが、イブだけが首を傾げていたため、説明した。

「中衛って魔法で援護することが多いけど、俺やアリスが危なくなった時、魔法での援護が間に合わない場合がある。だから、アインには後衛側の中衛ではなく、前衛側の中衛を担ってもらう」

俺がそう言うと、イブは納得した表情をした。そこで、俺はエルに謝る。

「エル。ごめんな」

「え、どうしたの？」

「エルも魔法より剣術の方が得意だろ？　だけど、この中ならエルがイブの次に魔法を上手に使えるから、あまり得意じゃない役回りをお願いしちゃったから」

するとエルは両手を横に振って言った。

「大丈夫だよ!!」

（本当にありがとう）

俺は心の底からお礼を言った。

その後、軽く全員で雑談をしていると、イブが尋ねてくる。

「そう言えば、三階層までのダンジョンをクリアしたらどうするのですか？」

「私はみんなともっと剣術や魔法の練習がしたいな」

アリスの言った言葉に俺は頷きながら、言う。

「俺も。魔法なんて使うことすらできないから、教えてほしいし」

「俺はリュカとアリス、エルと剣術の練習をしたいよ」

「わ、私はなんでもいいかな？」

「じゃ、じゃあ私の実家にでも来ませんか？」

「え？　エルフ国に行ってもいいの？」

その言葉につい尋ねてしまった。なんせ、エルフは種族も違えば、他種族を嫌っていると聞いたこともあったから。

「大丈夫よ」

「そっか。じゃあ一回ぐらい行ってみたいな」

前世ではエルフがどんなところに住んでいるかなんて知る由もなかった。だから、転生したなら、いろいろな種族や国を見てみたい。

「リュカくんが行くなら私も行く‼」

「え～。じゃあ私も行こうかな」

「俺も」

「決まりですね」

「じゃあ、ダンジョン攻略を早く終わらせよう‼」

俺がそう言うと、みんなも続くように「お～」と言った。

そこから数日間、全員でお互いのことを知るための会話をしたり、軽く戦うフォーメーションのチェックをして終わった。その時、副学園長がいろいろと話に乗ってくれたりして、スムーズに話を進めることができた。

そして、ついにダンジョンに入る日になった。

ダンジョンはギャラリック学園の敷地の端にあり、入り口の目の前には教員が立っていた。

「今年入学の一年A組だな？」

「はい」

「気を付けて入れよ。例年、何パーティかは死んでしまうから」

前世の学園というものは、話を聞いていた限り、危ないことは無いとのことだった。

「はい」

その言葉を聞いて、再度この世界が異世界なんだと実感する。

そしてみんなの顔を見たあと、全員でダンジョンへと入っていった。

ダンジョン内は一本道になっていて、あたり一帯が薄暗くなっていた。

「まあ、前に進もうか」

俺がそう言うと、全員が頷いたため、先へ進み始めた。

(前世でもこんな感覚は無かったな)

そう。あたり一帯を警戒しなくてはいけないというのは一緒だが、前世では命を狙ってくるのは人間であったため、殺気があった。

でも、今回のダンジョンでは人間に命を狙われることは無い。狙ってくるのはモンスター。

だから、ほとんど殺気を放ってくる奴はいない。接敵して初めてモンスターが殺気を放ってくる。そのため、前世とは違う感じで緊張が走った。

「そう言えば、ダンジョンってどうやってできたの？」

俺が質問をすると、アリスが言った。

「確か、元々ここのダンジョンは存在していて、脅威を管理するためにギャラリック学園ができたらしいよ」

「へ～」

こんなところでギャラリック学園ができた経緯を知るなんて思いもしていなかった。

「じゃあ、ダンジョンにはなんでモンスターが出てくるの？　普通ならモンスターを倒したら終わりだよね？　それもダンジョンのほとんどが地下にあるから、出現するわけでもないだろうし」

そう。外にいるモンスターとかがダンジョンに入ってくるならまだしも、ここのダンジョンはギャラリック学園が管理しているダンジョン。なら、モンスターが全滅していてもおかしくないはず。

「それは、ダンジョン自体に問題があるんだよ。ダンジョン特有の魔素があって、モンスターの死体と魔素の融合によって新しくモンスターができるの。だから、火葬しようが、結局は空気になって、魔素と融合してモンスターができるってしくみだよ」

「お、奥が深いね」

前世では、人を殺したらおしまいって感じであったが、ここではそうもいかないらしい。

「まあ、そんなことより、早く一階層を突破しよ」

「あぁ」

そして、俺たちは徐々に前進していった。

歩いて十分ほど経ったところで、目の前にゴブリンが現れた。全員がそれを確認したため、俺が手と指で合図をした。

まず、俺がゴブリンにバレないよう攻撃をして倒す。すると、隣にいたゴブリンが驚いた表情をしてこちらに攻撃を仕掛けてこようとした。

それを、アリスがカバーに入って倒した。そして、残りのゴブリンを中衛であるエルとアインが倒していった。

(なんか、あっけなかったな)

俺がそう思っていると、俺の隣に立っていたアリスが言った。

「簡単だったわね」

「うん」

「てか、リュカ。あれどうやったの？」

俺は首を傾げる。

「ゴブリンに近づいた時、気配を消していたでしょ？」

「あ～。あれは歩法だよ」

「え？」

「多分、エルもできると思うしね」

俺はそう言って、エルの方を向くとあたふたしていた。

「エル、歩法の使い方は覚えてる？」

「うん」

「じゃあ、次の戦闘をする時にさっきの俺みたいにやってみてくれない？」

その言葉にエルは頷いてくれた。

そして、俺たちはダンジョンを進み始めると、次はコボルトが現れた。

エルは先ほど俺がやった時みたいにコボルトの背後を取って、首を斬り落とした。

それと同時に俺もコボルトに接近して首を斬り落とした。

それを見ていたみんなは驚いた表情をしていた。

「こんな感じだよ」

俺はそう言いながら、エルと一緒にみんなの元に戻って、軽く歩法の仕組みを説明した。

歩法とは、重心移動の基礎であり、音を立てずに相手に近づく技術である。

「それって、魔法とか使っているの？」

「使ってないよ。技術だね」

（前世では魔法なんて無かったから、こういう技術を身に付けていくしかなかったんだよな）

「そうなんだね。じゃあいろいろな魔法と組み合わせたら強そう」

「そうだね」

その後、軽く休憩を取って、ダンジョン攻略へと戻った。

道中、数回モンスターに出くわすことがあったけど、難なく倒せたため、二階層へ進むことができた。

二階層は、一階層とは違い、壁にツルなどが張り付いていた。

（階層ごとに変わるのか）

そう思いながら、みんなで先へ進んでいくと、目の前にトレントが現れた。すると、イブが言った。

「私に任せてください」

イブは火玉(ファイヤーボール)と風切(エア・カッター)をつかって、トレントを瞬殺した。

(俺も早く使ってみたいなぁ)

そう。俺は剣術の向上も目的としているけど、異世界に来たんだから魔法を使ってみたいという願望もある。

すると、イブは俺たちに言った。

「さっきまで私だけ何もできませんでした。ですので、ここからは私も戦いますからね!!」

「そうね。パーティなのだから、イブにも戦ってもらわなくちゃ!!」

アリスの言葉に俺たち全員が頷いた。

そこから現れてくるモンスターは、各々ローテーションで倒していった。そして、二階層から三階層に下りる前に戦った時、異変に気付く。

二階層中腹までいたモンスターに比べて、さっき戦ったモンスターは体中に傷があった。

(誰かが戦ったとか?)

いや、それならダンジョンに入る前に試験官が伝えてくれるはずだ。

「みんな、さっきのモンスターおかしくなかったか？」

「うん。だけど、ダンジョンに入ること自体が初めてだから、あれが普通なのかもしれないし、わからない」

「そうですね」

「……」

（本当にあれが普通なのか？）

モンスターだって、命がけで戦っているはず。それなのに体中に傷があることが普通とは考えにくかった。

俺はこのことが心のどこかで引っかかっていたが、次が進級に当たる最後の階層であるため、一旦無視して先へ進んだ。

三階層にたどり着いた時、俺たち全員は寒気を感じた。

（なんだこれ？）

先ほどまでは空気がよどんでいた程度であったが、一、二階層とは確実に違うのがわかった。

だが、何かがわからなかった。トラップがあるのか、危ない敵がいるのか。だけど、それを察することができるほどには空気が重かった。

「三階層だし、これが普通なのか？」

「わからない。でもそうなのかな？」

アリスがそう答えると、みんなもよくわかっていないようであった。

「ま、まあコアを探そう」

そして、俺たちは徐々に前へ進み始める。

道中に出くわすモンスターは、一、二階層とさほど変わらず、難なく倒すことができた。だけど、そこに疑問を感じた。

（なんで変化が無いんだ？）

そう。一階層から二階層に行く時は特に何も変化が無かった。でも、三階層に着いた途端、これまで感じたことの無い雰囲気があった。

それなのに、三階層で出くわすモンスターは、先ほどと変わらない。

（何が違うんだ？）

俺はそう思いながらも、全員で休憩を挟みつつ最深部へと進んでいくと、大きな扉を見つけた。そのため、全員で一呼吸を入れたあと、扉を開けた。

すると、中にはオークの死体が転がっていた。そして、その奥には祭壇があり、そこに緑色のコアが置いてあった。

（ど、どういうことだ？）

俺たち全員が首を傾げていると、祭壇の奥から禍々しい雰囲気を出している存在が出てきた。

（こいつ、やばい……）

前世からの経験から、直感が言っていた。今の俺たちじゃ勝てない相手だと。それは、俺以外のみんなも感じ取っていて、呆然と立っていることしかできなかった。そのため、俺は目の前にいる魔族に剣を向けて、距離を保つ。すると、話しかけられた。

「あれ？　人間とエルフ。珍しい組み合わせじゃねーか」

俺たちが無言で魔族のことを見ていると、少し考えた素振りを見せたあとに言った。

「あ～。そう言えばここって人族が管轄しているダンジョンだったか」

「……」

「最悪だ。ここで見られちまうなんてよ」

「お、お前は何者だ？」

俺がそう言うと、魔族が言った。

「そんなのお前たち低族には関係のない事だろ？」

すると、魔族は俺たちに向かって殺気を放ってきた。

（‼）

俺が三階層に入ってきた時、薄っすらと感じたのはこれだったのか。そう確信した。

「まあいいや。ここで俺を見られたってことは、お前たちを殺さなくちゃいけないしな」

そう言ってきた瞬間、一瞬で距離を詰めてきて俺に攻撃を仕掛けてきた。

「ッ」

前世でもあまり見たことない速度で斬りかかってこられた。

俺以外、誰一人として反応していなかったため、みんなを守るようなかたちになってしまい、ギリギリのところで受け流してしまった。そのため、腕に軽く痛みが走る。

そして、俺が反撃すると、魔族が一旦距離を取った。

「お前、人族の割には強いな」

「……」

「まあ死ぬ奴なんぞ、興味ないんだけどよ」

魔族は先ほどと同様に斬りかかってくる。だが、俺も身体強化を使い始めたため、一分ほど攻防戦を繰り広げたところで、魔族が距離を取った。

はっきり言って、さっき攻撃を仕掛けられた時、俺以外反応することすらできていなかった。それに加えて、俺も身体強化を使って、やっと戦えるレベル。

（どうする？）

まず、俺だけなら逃げることはできるだろう。でもそんなこと、俺は望んでいない。それに、やっとできた仲間を見捨てるなんてできない。

そこで、俺はみんなにダンジョンへ入る前に組んだフォーメーションで戦うことを言った。現状俺一人が魔族と戦ったところで、勝てるかわからない。なら、みんなでと思った。

すると、全員が頷いたため、俺とアリスが前、エルとアインが中衛、イブが後衛のかたちを取った。

そして、魔族が俺に斬りかかってきた瞬間、俺とアリスでカバーをしながら戦う。それでも、カバーしきれない範囲をエルとアインが援護してくれて、魔族が距離を取った瞬間にイブが魔法を放つ。

この状況で、やっと五分五分というかたちまでもっていくことができて、数分にわたって攻防を繰り広げていった。

だが、案の定俺たちの方が先に崩れ始めた。まず、アリスが魔族の攻撃を受け流せなくなっていき、それに伴いアインとエルも攻撃をくらい始めていった。

そこからあっという間に俺と魔族のタイマンになる。

わかってはいた。だけど、現状を打破できる算段が見つからなかった。

先ほどの状況で五分五分の戦いであった。だけど、みんなが殺られて、俺のみになったら確実に時間の問題になる。

そこで思った。

（無理するしかない……）

前世でも、勝てない相手には無理をしてでも隙を作るしかなかった。今できる最大限の魔力を身体強化に使った。

身体強化と歩法、縮地法の組み合わせで、先ほどとは段違いに速くなった。それに加えて、剣の振る速度も数段上がった。

そのため、先ほどまで防戦一方であったのが、徐々に攻撃が当たるようになってきた。だけど、一分、二分と続くごとに体が重くなっていき、魔族の攻撃をくらい始める。

（このままじゃ負ける……）

そう思った瞬間、イブが俺に何かの魔法を唱えた。すると、体が一気に軽くなり、先ほど以上の動きをすることができた。

（ここしかない!!）

俺は、魔族との距離を詰めて、正面から斬りかかる。案の定魔族はそれを避けてしまったが、腕をしならせて左下から斬りつけた。

すると、魔族の腕に当たり、血しぶきが走った。

（今だ）

この好機を逃してはいけない。

すぐさま左右にフェイントを入れつつ相手に休ませる間を与えないように攻撃を続けた。すると、魔族が叫びながら俺に衝撃波を与えてきて距離を取った。

そして、俺たちの方を見ながら魔法を唱え始めると、禍々(まがまが)しい紫色の玉が現れた。

（やばい……）

あれをくらってしまったら、確実に死ぬ。直感がそう言っていた。

だけど、魔族が待ってくれるはずもなく、俺たちに放ってきた。

俺はその時、なぜか剣を鞘に納めて、前世で一番得意としていた居合の構えを取っていた。そして、魔族が放ってきた魔法が俺の目の前にやってきた瞬間、剣を振った。

すると、魔法が真っ二つに斬れて、左右に分かれていった。

（え？）

自分でも、目の前で何が起きたのかわからなかった。なんせ、なぜ居合の構えをしたのか、そして魔法がなぜ斬れたのかわからなかったのだから。

それは、ここにいる全員も同じであった。エルやアリスなどみんなは驚いた表情していて、魔族も何が起きたのかわかっていないようであった。

「お前、何をした？」

その問いに、返答せず剣を構えていると、魔族が言った。

「まあ時間もかかりそうだしいいや」

魔族は、黒い渦を作り出して、中へ入って行こうとした。その時、何かを言い忘れたかのように、アリスに指をさしながら言う。

「あ、そう言えばそこの嬢ちゃん」

その言葉にアリスは、戸惑いながらも耳を傾ける。

「あんたの実家。やばいと思うぞ」

「え？」

「ま～。俺じゃねーが、そろそろ魔族が襲撃するはずだ」

それを聞いた瞬間、アリスは心ここにあらずであった。そのため、俺が聞く。

「なんでそれを教えてくれるんだ？」

「お前たち。いやお前には強くなってもらって、もう一回戦いたいからな。それに、俺的にもあいつは気に食わねえしな。あ、でも人族にも俺たちの仲間はいるから気を付けろよ」

魔族は笑いながら黒い渦の中へ入って行き、この場から消え去っていった。

その瞬間、ドッと疲れが襲ってくる。

（何だこれ……）

一旦、息を整えてアリスの方を向くと、こちらへ近寄ってきた。

「ど、どうしよう……」

「あいつの言葉を信じるわけじゃないが、万が一のことを考えて、アリスの実家に行こう」

俺がそう言うと、全員が納得した表情をしていた。だが、アリスだけは不安そうな表情をしていて、俺に言った。

「で、でも。いいの？」

「いいも悪いも、こんなことを聞いたら、事実を確認しに行くのが普通だろ。もし、実際にあいつの言ったことが本当なら一緒に戦うし、あいつが嘘をついていて、アリスの実家に攻め込んでいなかったら、それは良いことだし」

こんな情報を入手して行かないわけがない。

「みんな、ありがと」

アリスがお礼を言って、今後の方針を話し合った。

「まず、ギャラリック学園には、助けを求めない」

俺がそう言うと、みんな首を傾げていた。

「魔族の言うことを信じるわけじゃないけど、話した人が魔族と関わりのある人であったら、情報が筒抜けになってしまう。それに、ギャラリック学園が管理しているダンジョンにあいつがいた時点で、教員と魔族が関わっている可能性はあると思っている」

俺の言葉に、全員納得した表情をした。

その後も、軽くどのように動くかを話して、ダンジョンコアを手に取った。すると、ギャラリック学園内部に転移させられた。

目の前には、数人の教員たちが座っていたため、コアを渡す。

「え～と」

教員はそう言ったあと、俺たちの名前を呼び始めて、進級できる要件を達したことを伝えた。

その後、教員たちは何も質問をしてこなかったため、各自寮へと戻った。そして、数日間の休息を取り、全員でアリスの実家へと向かった。

四章　公爵家

冒険に必要なものを馬車に乗せて、都市・バリーを出ると、イブが俺たちに青色の結晶を渡してきた。

すると、アリスとアインは驚いた表情をした。

「これは？」

俺は首を傾げながら尋ねると、イブが言った。

「エルフ国で作っている転移結晶です。これを使って、アリスさんの実家付近まで行きましょう」

（転移結晶!?）

そんなものが実在しているのか。そう思っていると、アリスが言う。

「こんな貴重なものを使ってもいいの？」

「いいのです。誰かが困っている時に使った方がいいと思います」

その言葉にアリスは何度もお礼を言っていた。だが、俺はどれぐらい貴重なものなのかわからなかったため、質問をする。

「えっと、これってそんなに貴重なものなの？」

「リュカ。転移結晶一つで軽く半年は暮らしていけるぐらいの価値はあるよ」

アインの言葉に俺とエルは驚く。

「そ、そんなに貴重なものなのか」

そこで、やっとアリスやアインが驚いていたことに納得する。すると、イブがみんなに言った。

「気にしないでください。使うべき時に使うのが一番ですから」

その言葉に、俺たち全員でお礼を言って、転移結晶を使用した。すると、俺たちのいる一帯が歪み始めて、別の場所へと移動させられた。

目を開けると、そこは森林の中であった。

（なんで、アリスの実家に飛ばなかったんだろう？）

俺が首を傾げながら、あたり一帯を見ていると、イブが話しかけてきた。

「今、なぜムーア家に飛ばなかったのかと思いましたよね？」

「うん」

「それは、魔族に襲われている可能性があるのに、そのど真ん中に転移するのは危ないと思ったからです」

俺は、その言葉に納得する。

イブの言う通り、公爵家が管轄している中核の領地に転移した際、魔族と戦っていたら、対処することも難しかった。

すると、アリスが言った。

「ここから、数日もすればたどり着くから、早く行こう」

「「「うん」」」

そして、俺たちは馬車に乗って、アリスが道案内するのに従い、目的地へと向かい始めた。

馬車の運転は、実家の道がわかるアリスと、公爵家に行ったことのあるアインが交互にすることになった。

道中、何度かモンスターと戦うことになったが、俺たちが倒すのに手間を取るほどの敵もいなかったため、難なく先へ進むことができた。

そこで、道中で何も考えずに戦うより、この機会を使って成長したいと思い、俺はイブに尋ねる。

「魔法ってどうやったら使えるの？」

そう。現状の俺は魔法を使うことができない。だから、イブに教えてもらおうと思った。

「魔法っていうのは、空気中に魔素がありまして、それを体内で変換することによって使うことができるんですよ」

「じゃあ、だれでも平等に使うことができるってことだよね？」

「それはちょっと違いますね」

イブがそう言ったあと、淡々と説明を続けた。

まず、魔素を魔法に変えるのが得意な人と不得意な人がいる。例えば、俺は不得意な人間で、エルは得意な人間ってこと。

そして、魔素を魔法に変えた時に、体内に魔法を所持できる容量も違うらしい。

それに加えて、全属性には得意不得意がある。

まず、誰もが使えるのが身体強化。そして、身体強化以外に魔法の基礎となるのが四大元素である火、水、土、風である。それは誰もがどれかの属種を得意としている。

そして、種族や体質によって、得意領域が増えたり減ったりするらしい。

俺はその話を聞いて、やっと理解する。

エルの場合、火と風の得意領域を持っていることから、簡単に火玉（ファイヤーボール）や風切（エア・カッター）を使うことができたけど、俺は火や風を得意としているわけではないため、魔法をつかうことができなかったということなんだろう。

「イブは何を得意としているの？」

「エルフは大抵二属性を得意としていますけど、私の場合はエルフの中でも特殊で、全属性得意です」

「す、すご‼」

やっぱり、イブはエルフの中でも王族であるから魔法を得意としているのか。

俺は自分一人でそう納得していると、イブはなぜか少し暗い表情をしていた。

そして、少し時間が経ってイブが言った。

「なぜ、リュカさんが魔族の魔法を斬れたのかわからない」

「あ、それ俺も思った」

「私も」

イブの言葉にアインとアリスが続いた。

「いや、俺もなんで斬れたのかわからないんだよね」

　そう。前世の頃、得意としていた居合を使ったのは納得できる。だけど、なぜ魔法が斬れたのかはわからなかった。

「私も、魔法を斬るなんて聞いたことが無いです。ですが、目の前であんな光景を見せつけられてしまうと、流石に気になりますし」

「う〜ん。でも、俺が使える魔法って身体強化しかないし……」

　師匠と練習していた時も、四大元素の魔法を使うことはできなかった。ましてや、身体強化を使えるようになったのですら数年かかったのだから。

「まあ、リュカの魔法は今後考えていきましょう」

「うん」

　その後、俺とエルはイブに魔法の基礎を教わりながら馬車に乗っていると、アリスが俺たちに言った。

「今日はここで休憩をとろ」

「わかった」

　一旦、イブから教わっていた魔法講座を終わらせて、野営準備に入る。男である俺とアインがテントを張って、エルやアリス、イブは料理した。

　そこから三十分も経たないうちに両者の準備が終わったため、全員で夕食にする。

夕食の内容として、道中倒したモンスターの肉を使ったシチューになっていた。

俺が一口食べると、実家で食べていた味付けになっていて驚く。

「これって……」

俺が呆然とシチューを見ていると、エルが笑顔で言った。

「おいしい？」

「うん。この味付けって」

「こっそり、教えてもらったんだ!!」

「エルありがと。それとアリスにイブも作ってくれてありがと」

俺はそう言って、もくもくとシチューを食べていると、エルはシチューを口にせず、俺の顔をずっと見ていた。

「ん？　どうしたの？」

「なんでもないよ」

エルはそう言ったあと、シチューを口に運び始めた。そんな光景を見ていたみんなが俺たちに尋ねてくる。

「リュカとエルってどういう関係？」

「俺の幼馴染だよ」

　俺はエルが奴隷だとみんなにバレるのが嫌で、ぼかして言った。でも、エルがきちんと伝えた方がいいと言ったため、全員に説明をする。

「エルは俺の実家で奴隷をしていて、今は俺の専属使用人をしてくれているんだ」

　俺がそう言うと、みんな驚いた表情をしていた。そして、アインが言った。

「エルって奴隷だったんだね」

「うん。隠していてごめんなさい」

　エルは頭を下げてみんなに謝った。すると、みんなが手を横に振って言った。

「奴隷だからといって、何か変わるわけじゃないんだけどね」

「逆に言わせちゃってごめんなさい。でも、身分は違うけど、私たちは友達だから」

「アリスの言う通り、エルはもう友達なので、これからも態度を変えないでくれると嬉しい」

「みんなありがと」

　その後、軽く雑談をしていると、アリスが言った。

「でも、これでリュカとエルの仲が良い理由に納得した」

「⁇」

俺が首を傾げていると、アリスが俺とエルの方を見てきた。

「だって、いつもエルはリュカのことを考えていたけど、それはリュカも同じじゃない？　さっきの話で幼馴染って聞いて納得した」

「まあ、そうだね」

「逆に羨ましい。幼馴染っていう存在がいて」

「それは、俺も思っている。本当にエルがいてくれてよかった」

そう。エルがいてくれなかったら、いろいろと変わっていたと思う。だから、エルという存在がいてくれて本当によかった。

するとエルも言った。

「私も、リュカくんがいてくれてよかった。リュカくんと出会わなかったら今頃ここにはいないし」

この前も言われたけど、こうも真正面から言われると流石に照れる。そこで、俺は話題を変えた。

「アリス。あとどれぐらいで公爵家に着く？」

「う～ん。あと数日かな？」

「そっか」

アリスの心情的には、早く着きたいに決まっている。なんせ、もしかしたらすでに公爵家と魔族が戦っている可能性があるのだから。

するとアリスは少し暗い表情をしながら、無理して笑顔で言った。

「まあ、みんな気にしないで。これは私の家の問題なんだから」

「それは違うよ」

俺がそう言うと、アリスが驚いていた。

「公爵家っていうのは、国民を守る仕事もある。それは、俺たち国民だって同じことだ。公爵家が危ないなら俺たちだって助ける義務がある」

そう。助けてもらって当たり前ではない。公爵家や王族は力があるからこそ国民を助けているが、力が無くなった時、助ける存在がいなくなる。だからこそ、俺たちみたいに少しでも加勢できる存在が助けに行くのは当たり前なんだ。

「あ、ありがと」

「お礼は全てが終わったら言ってよ」

「うん」

その後、少し暗い雰囲気になってしまったが、アインのなんの変哲もない話題によって、空気が変わり、夕食を終わらせた。

そして、見回りをするローテーションを決めて就寝をした。

夜は、特にモンスターからの襲撃も無く、一日が終わった。

翌朝。全員で馬車に乗って、公爵家へと向かった。

道中、ゴブリンなどの下級モンスターと出くわしたため、魔法が使えるか試してみる。だけど、どの基礎魔法も使うことができなかった。

（なんで？）

俺はやっぱり、魔法を使えるようになれない体質なのか……。

いや、イブの話によれば、どんな人でも魔法を使うことはできると言っていた。

それなら、なんで俺は魔法を使うことができないんだ……。

俺が落胆していると、イブが言った。

「リュカ。もしかして無属性魔法を使うことができますか？」

「無属性魔法って何？」

「無属性魔法とは、現代では解明されていない魔法のことです。例えば、古代魔法とかもその分類に入ります」

「へ〜。でも、無属性魔法なんて使えないよ」

流石に、無属性魔法が使えるなら、すでに使っている。

「でも、もしリュカが無属性魔法を使えるのなら辻褄が合うのですよ」

「辻褄？」

「はい。魔族の魔法を斬ったこと。そして、基礎魔法が使えないこと」

「そうなの？」

　俺がそう尋ねると、イブは淡々と説明を始めてくれた。

　まず、無属性魔法を使う人は、基礎魔法を使うことが難しい。普通の人が基礎魔法を使うコツを掴む時間の数倍から数十倍はかかるらしい。

　そして、二つ目に魔法を斬ったこと。普通なら魔法を斬る前に剣が砕けてしまう。それなのに魔法を斬ることができたということは、剣を振った瞬間に何かしらの無属性魔法が発生したということ。

「一つ聞きたいんだけど、無属性魔法って特定の人物しか使えないの？」

「はい。無属性魔法とは、その人しか使えない魔法のこと。だから、基礎魔法とかに制約がかかってしまうのです」

「へ～」

　そこで、一つ思う。

（別に俺、無属性魔法とか要らないんだけど……）

そう。二度目の人生なんだから、前世でできなかった魔法とかをできるようにな
りたかったんだけど。
「まあ、もしリュカが無属性魔法の使い手なら、これぱっかしは頑張ってください
としか言えません」
「なんで？」
「さっきも言いましたが、無属性魔法はその人しか使えないので、コツとか感覚は
使い手次第になるからです」
「そ、そっか」
その時、エルが満面の笑みで言った。
「リュカくんすごい!!」
「あはは」
複雑だなぁ。その人のみの力を手に入れたのなら嬉しいけど、そのせいで魔法が
使いづらくなっているなら本末転倒ではないかとも思った。
その後、アリスやアインにこのことを話すと、二人とも驚いた表情を見せたあと
に祝福してくれた。
そして、そこからイブに無属性魔法のことを数日間教わると、公爵家の領地へた

どり着いた。

目の前の景色は、バリーと遜色のないほどきれいな場所であった。

「まだ、魔族が攻め込んできていないね」

俺がボソッと言うと、アリスはホッとした表情で言った。

「そうね。よかった」

「これからどうする？」

「まずは私の実家に行って、パパにこのことを説明するわ」

「わかった」

そして、俺たちはアリスの実家へと向かった。その時、アインが俺に言った。

「アリスのお父さんは、三大剣士の一人だから、リュカも勉強になると思うよ」

「三大剣士？」

「そう。俺の父さん、アリスのお父さん、そして、ルグニア王国の騎士団長がルグニア王国の三大騎士だよ」

「そ、そうなんだ。だから、アリスはあんなに強いんだね」

俺がそう言うと、アインは頷いた。

そこから、一時間も経たないでアリスの実家にたどり着くと、屋敷の騎士に話しかけられた。

「アリス様。おかえりなさい」

「ただいま。この人たちは同じ学園の友達だから」

「わかりました」

「私たちはお父様に用があるから」

アリスがそう言ったあと、騎士たちが敬礼をして中へ通してくれた。

そして、公爵家の中で馬車を下りて、室内へ入る。

（す、すごすぎだろ……）

俺の実家とは格段に違う内装をしていた。だけど、イブとアインは平然としていた。俺はすぐさま、隣に立っているエルのことを見ると、驚いた表情をしていたため、内心ホッとする。

そんなことを裏腹に、アリスが言った。

「ついてきて」

俺たちはアリスの言う通りについて行くと、先ほどまでとは造りが違う部屋の前にたどり着いた。

「パパ、ママ。中へ入るね」

アリスがそう言って、扉を開けて中へ入って行った。そのため、俺たちもついて行くかたちで中へ入った。

中には、アリスにそっくりな女性と男性が座っていた。そして、その二人がアリスを見ると、驚いた表情で言った。

「おかえりなさい」

「おかえり」

「ただいま」

すると、アリスのお父さんが言った。

「後ろの方は、エルフ国の第一王女であるイブ様と伯爵家のアインくん。それと……」

「男爵家のリュカとその使用人のエルだよ」

「そうか。ムーア家にようこそ」

俺たちは全員その言葉に頭を下げてお礼を言った。

「私は、アリスの父親であるジャック・ムーアだ。隣が妻のリナリー・ムーア」

「リュカ・バルトです。隣が私の使用人であるエル・フォワです」

自己紹介を済ますと、ジャックさんがアリスの方を向いて言った。

「それで、突然帰ってきたけど、何かあるのか？」

「それは……。少し急ぎの用件があるから、ここにいる騎士たちを外してもらえない？」

「わ、わかった」

ジャックさんは、アリスの言う通り部屋にいる騎士たちを外に出した。

「それでどうしたんだ？」

アリスは何て言えばいいのか考えていたが、すぐさま首を横に振って言った。

「パパ。ここに魔族が攻め込んでくるって本当？」

その言葉を聞いた瞬間、先ほどまで優しい雰囲気を出していたのが、一瞬にして無くなった。

「どこでそれを？」

アリスは、今まで起きたことをジャックさんとリナリーさんに説明し始めた。

すると、リナリーさんは口元に手を、ジャックさんは険しい表情をした。

「アリス。魔族が攻め込んでくる可能性があるのは本当だ」

（やっぱり、あいつの言っていたことは嘘じゃなかったんだ……）

俺がそう思っていると、ジャックさんが領地周辺の詳しい状況を話し始めてくれた。

この場所から十キロ離れたところでモンスターが活発化し始めていること。

それに加えて、周辺の森の中で、魔族がいた痕跡が残っていたこと。

それ以外にも、細かい状況を教えてくれた。

すると、アリスが言った。

「私たちも手伝う」

その言葉に、ジャックさんは首を振って断った。

「なんで?」

「お前は大切な子供だ。それにアリスのお友達を巻き込むわけにはいかない」

「じゃあ、どうするの?」

「それは……」

「魔族との内通者がいるかもしれないんだよ!!」

すると、イブが妥協案を言った。

「部外者の私が言うのもなんですが、もしよろしければ、私たちは領内を警備するというのはどうでしょうか?」

「それはどういう意味ですか?」

「ジャックさんが言うのもわかります。子供の命、それに私たちの命を考えると危ない場所に送ることはできない。そうですよね？」

その言葉にジャックさんが頷く。

「ですが、今から、我々がここを離れるため、領地を出て学園に戻ることも危ないと思います。なら、領地の内部を私たちが警備すればいいのではないでしょうか？領地内なら他の場所と比べて安全ですし、警備をすることによって住民も安全になれると思います」

イブの言った内容に、ジャックさんは無言で考え始めた。それを見たアリスは、ジャックさんに言った。

「パパ!! 私だって公爵家だよ？　だから頼って」

「……。わかった。じゃあアリス。それに皆さんは領内の警備に当たってもらってもいいでしょうか？」

「うん!!」

アリスの言葉に続くように俺たちも頷いた。すると、リナリーさんが棚の中から紙を取り出した。

「では、領内の地図を渡しますので、危ない場所などを説明しますね」

そこから、一時間にわたって危ない場所や今後危なくなる場所、避難する場所の説明をしてくれた。

そして、説明が終わった時、アリスがジャックさんに言った。

「パパ。魔族と絡みがありそうな人の目星は付いているの？」

「い、いや。付いていない。はっきり言って、従者全員のことを信用しているからそんな人はいないと思っている」

それを聞いた俺は、ジャックさんのことをすごいと思った。なんせ、こんな状況下で従者全員を信用していると言えるということは、心の底から言っているのだから。

「だけど、そんなことあり得ないよね？」

「あ、あぁ。流石に今の状況を考えるとそんなことはあり得ない。でも、思い浮かばないんだ」

「そっか」

「悪い。だけど、私もこれからそっちの方面も考えておくから、アリスたちは警備の方を頼んだ」

「うん」

するると、ジャックさんが俺たちに頭を下げてきた。

「本当ならパーティとかをしてあげたい状況なのに、こんなことに巻き込んでしまって、申し訳ない」

「い、いえ。気にしないでください。困った時は助けるのが当たり前ですので」

「そうですね。助け合うのは大切ですので」

俺たちがそう言うと、ジャックさんとリナリーさんは何度もお礼を言ってきたが、警備の話をするために、この場をあとにした。

俺たちは応接室に移動して、警備の話し合いを始めた。

「私とリュカの二人、アインとイブ、エルの三人の二手に分かれて警備しよ」

「俺はいいけど、なんで俺とアリスなんだ？」

「この中で一番強いのってリュカだと思うの。そして次に強いのが私。だから、人数を少なくして私とリュカで組むってわけ」

「あ～」

アリスの言う通り、二手に分かれる際に人数の差が出るなら、強い奴とそれ以外に分けて人数不利を無くす方がいい。

でも、一概に俺やアリスがこの中で強いと言えるのかとも思った。だってまだ、アインやイブの実力だって明確にわかっているわけじゃないのだから。

「私は良いですよ」

「俺も」

「私も」

「じゃあ決まりね。それじゃあ、警備をしてほしいところだけど」

アリスはそう言いながら、地図を出して指をさしてきた。

まず、俺とアリスは領地の端に位置する場所で、警備することになった。ここは、領地の中で一番危ない場所とされているため、最初はエルがダメだと言ってきた。

(まあエルの気持ちはわかる)

俺がいくらエルのことを友達、親友と言ったところで、それは俺の考えである。エルは、俺の専属使用人であり、バルト家の奴隷でもあるため、俺を危ない場所へ行かせることを了承することはできない。

だけど、領地の中ということもあり、戦う場所が狭い。そのため、イブの魔法を活かすことができないし、人数が多い方が対処もしづらくなってしまう。

だから、流石に今回はエルを説得して、各自警備をする場所を決めた。

「じゃあ、明日から警備に当たるけど、何か言っておきたいことはある？」

アリスがそう言った瞬間、リナリーさんは中へ入ってきた。

「突然ごめんね。でもこれだけはみんなに持ってもらいたくて」

そう言われながら、リナリーさんから腕輪を渡される。

「これは？」

俺がそう尋ねると、アリスが言った。

「これは、通信機だよ。魔道具って言えばいいのかな？」

その言葉に驚く。

(そんなものがこの世界でも存在するのか)

「警備をしてもらうのだから、これぐらいはさせてほしい」

「ありがとうございます」

俺たちはリナリーさんにお礼を言うと、笑顔でこの部屋から去っていった。

すると、アリスが俺たちに頭をさげて言った。

「みんな。明日からよろしくお願いします」

俺たちはその言葉に頷いて、各自公爵家が用意してくれた部屋に戻って就寝した。

翌日から、俺たちは領内の警備に入った。

俺とアリスで領内を警備していると、二人の子供に話しかけられる。

「アリス様!!　おはようございます」

「おはようございます!!」

「おはよう」

すると、子供たちは首を傾げながら尋ねてきた。

「何をしているんですか？」

「散歩ですよ」

アリスはそう言って、警備のことをはぐらかした。

まあ、そりゃあそうだろ。警備をしているなんて言ったら、領民たちがパニックになるに決まっている。

そうじゃなくても、子供に言った瞬間、情報が流れる可能性は高い。そのため、自分たちが思っているより早く内通者に情報がいく可能性もある。

「隣の人はアリス様の彼氏さんですか？」

その言葉に、俺とアリスは見合いながら驚く。

「ち、違いますよ!!」

「そうなんですか？　仲良く歩いていたからそうなのかなと思っていました」

「いろいろあるんですよ」

「へ～。また今度遊んでください!!」

「遊んでください!!」

子供たちはそう言いながら俺たちに手を振って、この場から去っていった。

「リュカ。ごめんなさい」

「ん？　気にしなくていいよ」

「そう言ってもらえてよかった。こんなことエルに聞かれていたら……」

俺はそこで、なぜエルが出てくるのかわからなかったが、聞くのをやめた。

「そう言えば、アリスは婚約者とかいないの？」

俺の言葉にアリスが驚く。

「な、なんで？」

「公爵令嬢だし、婚約者がいてもおかしくないのかなって思ってさ」

前世でも、世界各地の身分が高い人たちは婚約者がいたりしていた。だから、この世界でも身分が高くなるごとに婚約者がいるのかなと思っていた。

（まあ、俺は男爵家の三男だから、婚約者なんていないんだけどね）

「いないよ」

「そっか」

すると、軽く沈黙の時間が訪れる。

(聞いちゃいけないこと、聞いちゃったかな？)

俺がそう思っていると、アリスが言った。

「私って、一応は剣姫って言われているじゃない？　だから、私と同等ぐらいの実力のある人としか結婚できなくてね。だから、最初はアインも候補に入っていたんだけど、今は候補すらいないの」

(アインって、アリスの婚約者候補だったのか)

そのことに驚く。だけど、納得もいった。なんせ、実技試験を受けている時、アインはアリスには勝てないと言っていたことから、いろいろな場面でわかることがあったのかもしれない。

「まあ、いずれアリスより強い人だって現れるさ」

「そ、そうね。逆にリュカは婚約者とかいないの？　例えばエルとか？」

(なんでエルなんだ？)

「まあ、今のところはいないよ」

「そうなのね。結婚とかしたいと思わないの？」

（結婚か……）

したいと言えばしたい。前世では結婚する前に死んでしまったし、自分の子供を見てみたいと思うから。

でも、今のところはこの世界を満喫したいと思っている。

「まあできたらいいなぐらいだね。俺のことを好きになってくれる人がいればだけどね」

俺は政略結婚が嫌だ。二度目の人生なんだし、結婚するなら好きな人としたい。

政略結婚の相手が、俺の好きな人ならいいけど、相手も俺のことが好きじゃなくちゃやっていけないと思う。だから、早々にそんな存在が見つかるわけがないだろうと思う。

「そっか。お互い良い人が見つかればいいわね」

「だな。結婚するときは呼んでくれよ‼」

（結婚式に行ってみたいし）

そこで再度、前世のことを思い出す。

（結衣はどうなったんだろう？　無事に生き延び良い人と出会えたかな？）

もし、結婚して子供ができているなら、見てみたかったなと思った。

「リュカも呼んでね」

「あぁ」

「もしかして、私たちが結婚したりしてね」

アリスはそう笑いながら言った。

(俺とアリスが結婚か……)

案外、楽しい人生はおくれそう。だけど、そんな未来はあり得ないとわかっていた。

「ないない。だって俺は男爵家でアリスは公爵家。身分が違いすぎるもん」

「そうね。でもリュカが何かしらの功績を出したらありそうだけど」

なぜか、アリスはそんなことを言ってきたあと、先へ歩き始めてしまった。

(なんなんだ？)

俺はそう思いながら、アリスの横に追いついて、警備の続きを始めた。

その夜、エルたちと俺たちの報告を伝え合うが、特に変わった様子は無かった。

そこから、数日にわたって領内の警備を続けたが、おかしな点は無かった。

なんなら、毎回のように領民がアリスに話しかけて、果物などの食べ物をくれるため、おかしな点というより、安全な領地なんだなと実感するぐらいであった。

「アリスって領民に慕われているんだな」

「そ、そう？」

「うん。隣で見ていればわかるよ」

「そっか。そう言ってもらえると嬉しい」

そう言いながら、ニマニマとしていた。

「この場所を守りたいよな」

「うん。絶対に守りたい」

その瞬間、遠くの方で爆発音が聞こえた。

俺は爆発音の聞こえた方を見てみると、森から煙が出ていた。それを見た領民たちは、パニックになっていた。

「え？」

「アリス……」

「わかってる。早くパパのところに行こう」

領民たちは近くにいた騎士たちが誘導してくれていたため、俺たちはエルたちに通信機で屋敷に戻るように伝えた。そして、小走りで公爵家に戻る。

その時、後ろからつけられているのを感じる。

「アリス。つけられている」

「え？」

「バレないように後ろを見てみて」

俺がそう言うと、アリスは頷きながら軽く後ろを向いた。

「あの男性？」

「あぁ」

ガタイが良い、中年男性が俺たちのあとをついてきていた。

「俺たちは今から通信機を使うのも無しだ」

「なんで？」

「相手にバレたら、標的が俺たちから領民に変わる可能性もあるから」

こういう奴らは標的にバレたら、人質を取ってでも任務を遂行する。

「わ、わかったわ。これからどうするの？」

「公爵家には戻らず、領民たちがいないところに行こうと思う。それも、相手には
バレないよう誘導するかたちで。場所の案内を頼める？」

その言葉に、アリスは頷いて、相手にバレないように人気の無い場所へ移動し始
める。

（それにしても、追いかけてきている奴は誰なんだ？）

まず、さっき起きた爆発となんらかの関わりのある人だろう。見た目は確実に人間であった。なら、こいつが内通者か？　いや、そんなことはあり得ない。内通者なら、バレないように行動するはず。

（なら、こいつは……）

そう思いながら、アリスの指示の下、ついて行く。

歩き始めて、十分ほど経つと、周りには人っ子一人いないような場所へたどり着いて、俺とアリスは後ろを振り向く。

「あなたは誰ですか？」

アリスの問いに、つけてきている人は正体を現さなかった。

「なあ、もし間違っていたら申し訳ないんだが、あんた魔族だろ？」

俺の言葉にアリスは驚きを隠しきれていなかった。

「どういう意味？」

「そのまんまの意味だよ」

「でも、この人は確実に人間だったよ？」

「そうだな。でも、人間の皮を被った魔族とも考えられる。爆発と同時につけられるなんてできすぎているから」

ここ数日、領民たちと絡んでわかった。ムーア家が嫌われているわけじゃない。むしろ、慕われている。それなのに、この状況下でこっそりつけてくる人がいるなんて考えられない。

それに加えて、森で爆発が起きたタイミングで追いかけてくる人間なんていない。普通なら、パニックになるはずだ。

「そこの建物の陰に隠れているのはわかっていますよ。あなたは誰ですか」

その言葉に、建物の陰から中年男性が現れた。

「アリス様。私はここ最近移住してきた者です。決して魔族ではありません」

「ほら、魔族じゃなかったじゃない」

アリスはそう言いながら、男性の方へ駆け寄ろうとした。そのため、俺が手を引いて止める。

「一つ質問をしてもいいですか？」

「なんでしょう？」

「なぜ俺たちをつけていたのですか？」

「どうしてもアリス様とお話がしたくてつけてしまいました。こんな状況下で申し訳ございません」

その言葉に、アリスは俺の方を向いた。

「リュカは警戒しすぎだよ」

「……」

俺が無言で男性の方を見ていると、アリスは目の前にいる男性に頭を下げた。

「今は緊急の事態ですので、また今度お話ししましょう」

「そうですか……。では、握手だけでもさせてもらえませんか？」

「いいですよ」

そして、男性は徐々にアリスの方へ近寄ってきて、手を差し伸ばした。

その時、手の裾（すそ）から一瞬光った何かが見えたため、俺はアリスの服を引っ張って男性から引き離す。

すると、アリスは驚いた表情をして俺のことを見ていた。そんな状況下で、男性の手には短剣が握られていて、俺のことを睨みつけてきた。

「なんでわかった？」

「まあ、経験としか」

流石に、前世からの経験でわかる。今まで、こんなことを言った奴が護衛対象に近づいて、何度危ない目にあったことかわからない。

「……。お前は殺す対象ではないが、しょうがない」

目の前の男性が、こちらへ走りながら斬りかかってくる。

（試してみるか）

イブに無属性魔法のことを教わって少しだけわかった。無属性魔法とは、その人の得意なことを活かす魔法である。

だったら、俺は前世で剣の振る速度が速かったのを活かすために、身体強化を使い、居合の構えを取った。

俺の考えでは、あの時魔法を斬ることができたのは、転生してから剣の振る速度が一番速かったからだと思う。だったら、今回もそれを実際にやってみればいいと思った。

俺が居合の構えを取っていると、目の前の男性は立ち止まった。

そこから、一分にわたって見つめ合うかたちになった。そして、最初に動いたのは目の前にいる男性であった。

アインと同等ぐらいの速度でこちらへ攻撃を仕掛けてきた。

「リュカ!!」

アリスの言葉と同時に剣を振ると、目の前の男性が真っ二つになり、緑色の血しぶきがあふれ出た。

その瞬間、ダンジョンで魔族に攻撃を仕掛けた時と同様に疲れが舞い込んでくる。

（無属性魔法の代償か？）

そう思っていると、アリスが俺を見ながら言った。

「綺麗」

その言葉を無視して、すぐさま魔族の方へ駆け寄ると、まだ息があった。

「やっぱり、魔族であったか」

「お、おまぇ。なんで、そんな……」

「答える義理はない」

俺は魔族の首を斬り落とした。そして、すぐにアリスの方へ駆け寄る。

「怪我は無いか？」

「え？　な、無いと思う」

アリスの腕などを見るが、特に怪我が無いようでホッとした。

「なんで、そんなに心配しているの？」

「アリスは、命のやり取りをしたことがある？」

「な、ないけど」

アリスの手を引っ張って、魔族の死体の元へと行く。すると、先ほどまで人族の男性だった姿から、角が生えて目が赤くなっていた。

（これが魔族なのか……）

俺も初めて魔族を見たけど、こんなに禍々(まがまが)しい存在だとは思いもしなかった。すると、アリスが驚きを隠しきれずに言った。

「本当に魔族だったんだ……」

「あ、あぁ」

「疑ってごめんなさい」

「いいよ。領民を信用するのは当たり前のことだし」

アリスの立場上、領民を信じたくなるのはわかる。

（まあ、今はそんなことどうでもいい）

「本題だけど、こいつの短剣を見て」

アリスは地面に落ちている短剣を見ると、薄っすらと紫色の液体が垂れていた。

「これって……」

「毒だよ。一回でも斬られたら即死レベルのやつだろうね」

その言葉に、アリスは驚いていた。

「これが命のやり取りの世界なんだよ」

「……。リュカは経験したことがあるの？」

「アリスが経験している以上にはね」

「そっか。だからか……」

「？」

首を傾げながら尋ねると、アリスが言った。

「リュカの剣って綺麗なんだよね」

その言葉を聞いて、俺が魔族を斬った時にアリスが言っていた言葉を思い出す。

「リュカの剣は私と違って、音が無くて綺麗。それに一つ一つ無駄な動きが無いから」

「そう言ってもらえて嬉しいけど、俺もアリスの剣が好きだよ」

「え？」

「アリスの剣は、淡々としている剣で綺麗なんだ。だから好き」

そう。俺の剣は前世で生きていくために身に付けた技術。だから、音を限りなく消すように努力したし、無駄な動きもなくすように努力した。

だけどアリスは、人を殺すための剣ではなく、誰かを守るための剣をしている。

だから、好きなんだ。

「……。ありがと」

「こっちこそありがと」

するとと、お互い見合って少し笑った。

「早くパパのところへ行こっか」

「あぁ」

通信機を使ってみんなに今回の件を説明してから、急いで公爵家に向かった。

公爵家の中へ入ると、すでにそこにはエルたちとジャックさんとリナリーさんが座っていた。

俺の顔を見たとたんにエルが駆け寄ってきた。

「リュカくん!?　痛い場所はない？　怪我してない？」

「だ、大丈夫だよ」

俺の言葉を無視して、エルは体を触り始めた。

「本当に？　嘘ついてない？　無理しちゃダメなんだよ？」

「あ、うん。本当に大丈夫だから」

「何か体に異変が起きたら言ってね」

「ありがと」

エルの詰めも終わったため、アリスの方を向くと、俺がエルにやられた行動と同じことをジャックさんやリナリーさんにやられていて、少し戸惑っていた。

そこから数分経ったところで、アリスたちの方も話が終わり、本題に戻った。

「それで、アリスとリュカさんが出会った魔族はどんな感じだった？」

「見た目は中年男性って感じだったけど、リュカが倒したあとに見たら角が生えていて、魔族って感じだったよ」

「リュカさんは？」

「見た目に関しては、アリスの言う通りです」

すると、ジャックさんが少し考えた素振りを見せながら次の質問をしてきた。

「魔族の実力、どう感じましたか？」

「アインと一緒ぐらい……。ですかね」

戦った感覚的には、アインと同格ぐらいだと思っているが、ハッキリ言って実戦なら、魔族の方が一枚上手だと思う。

なんせ、実力が同じぐらいの場合、精神と武器の差が表れる。精神面としては、命のやり取りをしたことがあるのかないのかで大きく差が出てくる。武器面としては、性能の良し悪しで差は出るが、それ以上に毒を塗られていると、ほぼ確実に負ける。

「ありがとうございます」

「いえ、それよりもどうするんですか？」

「まず、爆発があった場所には増援を送っているので、そちらは大丈夫だと思います。それよりもお二人の経験から、すでに領内に魔族が入っている可能性があるので、そちらの対処を考えています」

（もう増援は送っているのか）

それを聞いて、流石三大騎士の一人だなと思った。

「そう言えば、エルたちは何かあった？」

「私たちは何にもなかったよ。爆発音が聞こえてから、少し時間が経ってリュカくんとアリスちゃんから連絡が来たからここへ戻ってきた感じだよ」

「そうなんだ」

じゃあ、魔族は明確にアリスがいるところを狙ってきたということか。

だとすると、もしかしたらすでに公爵家の内部にも魔族がいる可能性もあるかもと思った。そのため、ジャックさんに提案する。

「公爵家内を警備することは可能ですか？」

「それは私からも頼もうと思っていたところです。増援を送った今、一番手薄になっているところはここなので、皆さんには警備に当たってほしいと思っていました」

今、一番人手が足りていない場所は、公爵家の内部や、その周辺だ。なら、俺たちで少しでもそれを補おうと考えていた。

「じゃあ、さっきと一緒で私とリュカ、エルとアイン、イブの二組で警備するかたちで大丈夫？」

アリスの提案に俺たち全員が頷くと、ジャックさんが一つ提案をしてくる。

「アリスとリュカさんは二人で警備するのには少ないと思うので、一人加えることは可能ですか？」

無言で隣にいるアリスの方を向くと、どうすればいいかわからないようであった。

「これを聞くのは失礼にあたるのですが、その人は信用できる人なんですか？」

「そこは大丈夫です」

（ジャックさんがそう言うなら）

そう思い、俺が頷くと、アリスも同様に頷いた。

「じゃあ、この話が終わったら話しておきます」

「ありがとうございます」

すると、ジャックさんが俺たちのことを見ながら説明を始めた。

まず、今から一時間後に警備を開始する流れになり、俺とアリスはその時にジャックさんから紹介される人と出会うかたちになった。

警備は二時間に一回繰り返していくかたちになり、夜中は三時間に一回警備をすることで話が終わった。

そして、話が終わり、俺たちは自室に戻って休憩に入った。

（ここからが本番だ）

先ほど魔族と戦った時から戦いが始まってはいるんだけど、あの時は攻めてくるタイミングがある程度わかっていた。

だけど、これからはいつどこから攻めてくるのかわからない状況で警備をしなければならない。

（気を引き締めなくちゃだなぁ……）

そう考えながら、体を少し休めるためにベッドの上で横になる。

そこから三十分ほど経った時、部屋にノックがされる。

「はい？」

そう言いながら、部屋の扉を開けると、そこにはエルが立っていた。

「リュカくん」

「まずは中へ入って」

エルを中へ通して、ベッドの上に二人で座ると、エルが不安そうな表情で言った。

「リュカくん。さっきも言ったけど無茶だけはしないで？」

「わかっている。でもそれはエルも一緒だよ」

エルが俺を心配してくれるように、俺もエルが心配だから。それぐらい、エルは俺にとって大切な存在だ。

「あ、ありがと」

「うん。お互い無茶しないように頑張ろう」

俺がそう言ったら、エルは頷きながら、この部屋を去っていった。そこから、十分ほど時間が経って警備する時間になった。

集合場所へ移動すると、すでにそこにはアリスと男性が立っていた。

「遅れてごめん」

「大丈夫。時間通りだよ」

「それでもだよ。それと、初めまして。リュカ・バルトと言います」

俺がそう言いながら頭を下げると、男性が挨拶をしてきた。

「初めまして。ムーア家の騎士――フォール・バセスです」

「よろしくお願いします」

「じゃあ、警備を始めよっか」

「あぁ」

「はい」

アリスの言った言葉と共に、最初の警備が始まった。俺たちは、公爵家が所有している庭の警備であるため、外を回っていた。だが、そうそう敵が襲ってくるわけも無く、三十分もしない内に一回目の警備が終わった。

そこから日付が変わるまで、何事も無くアリスとフォールさんと見回りをした。

「リュカ。ここに魔族は攻め込んでくると思う？」

「来ると思うよ」

「その根拠は？」

アリスは首を傾げていた。

「まず、直近で爆発が起きているため、相手はこっちの頭を潰しに来ると思う。それに加えて、俺たちが襲撃を受けたことも、公爵家が狙われている証拠だね」

その後、淡々と説明をした。

人数が多い戦いになった時、手っ取り早く相手を倒すには親玉を潰すこと。それをするだけで、相手の戦意がガクッと落ちる。だから、普通なら公爵家を攻め込んでくること。

それに加えて、あの時、確実に俺ではなく、アリスの命を狙っていたのは、ジャックさんの戦意を落とさせるためだと伝えると、アリスが言った。

「リュカはそこまでわかるんだね」

「ま、まあそうだね」

「私は思い浮かばなかったよ」

「そっか」

すると、アリスは少しシュンとしていた。

(これは経験の差だからしょうがないよ)

俺は、前世で幾度となく命のやり取りをしてきた。だから、相手の考えもなんとなくわかる。なんせ、俺もそういう状況があったのだから。

でも、流石にアリスが今の推測ができていたら、天才だ。だからこそ、これはしょうがないことだと思う。

「まあ、俺の意見だからわからないけど、警戒しておくに越したことはないしね」

「そうだね」

アリスがそう言ったあと、見回りに戻った。だけど案の定、襲撃されることも無く警備が終わった。

この時、エルたちの方の情報も聞いたが、特におかしなことは無かったらしい。

(今日は攻め込んでこないのか？)

いや、でも相手からしたら今日が絶好のチャンスではある。今の公爵家の護衛が減っている状況で攻め込んでこないとは思えない。

(まあ、ずっと気負っているのもあれだな……)

今から気を引き締めていると、いざ戦いが始まった時、精神面で負けてしまう。だから、ここは一旦休憩することにした。

そこから、次の警備まで仮眠を取り、夜中最後の警備へと入った。

「この警備が終わったら、日が昇るね」

「そうだな。これで少し警備も楽になるよ」

今は夜中ということもあり、どこから攻め込まれるかわからない。でも、日が昇れば視野も広がるため、少しは楽になる。

「まあ、何も起きないのが一番なんだよね」

「そうだな。ゆうて、もう俺たちは一回襲われているわけだし、何も起きていないわけではないけどね」

「そうね」

その後、真剣に警備を続けていると、アリスとフォールさんが少し雑談を始めた。

(しょうがないと言えば、しょうがないんだけどなぁ)

警備中、ずっと気を張っているのはものすごく大変なことだ。それに加えて、夜中ということもあり、日中より気を張らなくてはいけない。

だからこそ、緊張を紛らわせるために雑談をしてしまうのはしょうがないのかもしれない。

前世の俺なら、確実に怒っていたと思う。なんせ、警備中に私語をするなんて言語道断なのだから。でも、フォールさんも警備をいつもしている人って感じはしないし、アリスはもってのほかだ。

だから、少しぐらい雑談をしていてもいいのかなと思った。

そのため、二人で話しているのを少し聞いていると、アリスが話しかけてきた。

後ろを歩いているアリスの方を向き、その問いに答えようとした時、茂みから音がした。

（やばい!!）

とっさにアリスの服を引っ張って、俺の方へ近寄らせる。

「フォールさん。逃げて!!」

「え？」

その瞬間、空中にフォールさんの首が飛んだ。その光景を見たアリスが、呆然としながら言った。

「な、なにが起きたの……」

「敵襲だ」

（でも、なんで気付けなかった？）

アリスたちの会話を聞いてはいたが、警戒はしていた。

「それなのになんで……」

俺がボソッと呟いた時、目の前に魔族が現れた。

「間違えたか」

「あんたは誰だ？」

「見た目通り、魔族さ」

魔族の言う通り、俺が昼間に倒した奴に少し似ていた。

「まあいいや。あの人の言う通りにすればいい」

魔族がそう言った瞬間、俺たちに攻撃を仕掛けてきた。

「!?」

目の前にいたはずなのに、見失ってしまって、ギリギリのところで避ける。

今までの経験から、目の前の敵を見失うなんて無かった。

（それなのになんで……）

そう思っていると、魔族のことをまた見失ってしまった。

（どうなっているんだよ!!）

その後も、毎回攻め込んでくるギリギリのところで、アリスに避けるタイミングを伝えながら回避するのが精いっぱいであった。

今までの経験で攻め込んでくるタイミングはわかるけど、攻撃することができない。

すると、アリスが言った。

「多分、何か魔法を使ってるよ」

「そうなのか」

前世の感覚で戦っていたため、魔法ってことは頭になかった。

（でも、なんの魔法を使っているんだ？）

さっきから、影の中で視界から消える。

そう考えている時にも、魔族が目の前から消え去り、またもや攻撃を仕掛けてくる。それを、ギリギリのところで避ける。

（クソ。わからない）

（そういうことか）

今の攻撃も影から消え去った。

だけど、本当に消え去っているわけではない。影に入った瞬間、自身の色を限りなく黒くして、存在感を消しているだけ。

それも、攻め込んでくる瞬間まで殺気も出さない。

（だから、奇襲もわからなかったのか）

でも、カラクリがわかれば、どうということはない。

俺は身体強化を使い、目を瞑る。

「リュカ!? こんな時にふざけている場合じゃないよ!!」

「ちょっと静かにしてて」

前世でも、殺気を出さず奇襲を仕掛けてくる奴はごまんといた。そういう時の対処は、目に頼らず、自身の腕と音に頼ることにしていた。

そして、魔族が攻め込んでくるのを待つと、俺の後ろから音がしたため、後ろを振り向いて斬りつけた。

斬った感触はあったが、トドメまではさせていないと思った。だが、魔族を見ると、腹部に二重の斬り傷があり、致命傷になっていた。

(どういうことだ?)

俺は、一回しか斬りつけていないのに。その時、体に疲れがやってくる。

(まただ……)

やっぱり、無属性魔法らしいのを使ったら、体に負荷がかかるのか。そう考えていると、魔族がこちらを向きながら言った。

「クソ……。まあいい。主がお前らの……」

（それにしても、あれはやっぱり無属性魔法なんだよな？）

一瞬、無属性魔法のことを考えたが、すぐさま首を横に振った。

（今はそんなことを考えている余裕はない）

「アリス。ジャックさんが危ない!!」

「え？」

アリスが俺に尋ねてきた瞬間、公爵家内部で戦闘音が聞こえた。

その音を聞いた瞬間、アリスは公爵家へ走り始めたため、俺もそれを追いかけるように公爵家へと向かった。

公爵家の中へ入り、ジャックさんのいる方へ向かうと、エルたちが魔族と戦っていた。

すると、イブが言った。

「ジャックさんは奥の部屋だから、早く行って」

その言葉に、俺とアリスは頷いて先へと進んだ。

そして、部屋に中に入ると、ジャックさんと先ほどの奴とは格が違う魔族が戦っていた。

目の前の戦闘を見て、入ることができないと思った。

今、目の前で行われている戦いは、前世の中で見た戦いの中でも、指折りのものであった。

（もっと、力があれば……）

今の俺は、前世の力の八割ぐらいしか使いこなすことができない。それに加えて、異世界ということもあり、前世との戦い方を変えなくちゃいけない。

だから、今もいろいろと苦戦しているところである。そんな状況で加勢しに行くことが、いかに自殺行為なのかわからないはずがない。

そう思っていると、魔族が俺たちに攻撃を仕掛けてきた。

「‼」

俺はとっさにアリスへ飛びかかり、攻撃を避ける。すると、魔族は再度攻撃を仕掛けてきたが、ジャックさんが援護してくれた。

「これじゃあ計画が破綻してしまいますねぇ」

そう言いながらもジャックさんと攻防を繰り広げていた。

（すごい……）

ジャックさんと魔族の戦いに目を離せない。それほど、目の前の攻防がすごかった。

（クソ）

二人の戦いで、自身がどれほど自惚れていたのかを実感する。今まで、前世の知識や力があるから、負ける相手なんてそれほどいないと思っていた。だから、ここへ来る前に出会った魔族にだって、心のどこかでは負けるはずがないと思っていた。でも、今はそう思わない。

俺一人では、魔族はおろか、ジャックさんにだって勝てない。

（何か、何か策は無いのか？）

頭をフル回転させて、この状況を打破する策を考える。

正面から戦いに行ったところで、足手まといになるのは目に見えている。だけど、魔族が俺たちに隙を見せるなんて思えない。

頭を悩ませていると、魔族がアリスに向かって攻撃をした。

それに反応しきれなかったアリスは、目を瞑った。その瞬間、ジャックさんがアリスを庇って攻撃を受けてしまい、腹部から血が流れた。

「バカですねぇ。これでこの戦いも終わらせることができます」

「……」

「じゃあ、これで終わらせますね」

魔族がそう言って、俺たちに魔法を放ってきた。

俺はすぐさま居合の構えを取って、魔法を斬り裂く。すると、魔族は驚いた表情で俺のことを見てきた。

「は？」

（ここだ!!）

この好機を逃してはいけないと思い、相手の間合いに入り、攻撃を仕掛ける。だが、魔族もそう易々と隙を見せるわけもなく、お互いの武器が当たる金属音が走る。

（どうすればいい？）

このまま戦ったところで、ダンジョンで戦った魔族と一緒の状況であったため、確実に俺が負けるのは目に見えていた。

だけど、よくわからない無属性魔法に頼るわけにもいかない。

（なら……）

できるかわからないが、頭に浮かんでいることを試してみることにした。

今使っている身体強化を足と手だけに集中させて、剣の振る速度を上げた。それに加えて、動く速度も上げる。

そして、魔族に斬りかかると先ほどまでとは違い、こちらの攻撃が徐々に当たるようになった。

(これならいけるかもしれない)

俺は魔族に休ませないように攻撃をすると、相手の重心が後ろへ移動して、後方へと下がろうとした。

その一瞬を見逃さず、身体強化を腕に集中させて斬りかかる。だけど、魔族に避けられてしまう。

(クソ……)

これでもダメなのか。そう思っていると、魔族が腹部を押さえていた。

「え?」

魔族の腹部をまじまじと見ていると、血が出ていた。

(無属性魔法が使えたってことか? でもなんで?)

さっきの攻撃を、どうやってやったのか思い出す。

(もう一回試してみるか)

俺は、魔族に接近して先ほどと同様の攻撃を仕掛ける。すると、斬りかかった剣先とあまり離れていないところにもう一つの斬撃が現れていた。

その攻撃を魔族はもろにくらい、大量の血を流していた。

「な、なにをした……」

「……」

とどめを刺しに行こうとした時、ジャックさんに止められる。

「リュカさん。これ以上行ってはいけない」

「なんでですか⁉　今が好機ですよ」

そう。今目の前にいる魔族は、瀕死な状態だ。そんな好機を逃すのがどれだけ愚かなことかわからないわけがない。

「君の体はもう限界だ」

「そんなことないです」

俺がそう言った瞬間、腕と足の力が一気に抜けて、体が重くなった。

「おいお前。次戦う時は必ず殺す」

俺はその言葉に答える前に地面へ膝をついてしまった。その時、ジャックさんが俺の目の前に立って、魔族に尋ねた。

「お前はなんでここを狙ったんだ？」

「それを答える義理は無いだろ」

「……」

「まあ、ヒントぐらい教えてやるよ。公爵家が狙われるということは、周りの注意はどこへ行く？」

「お前!!　それは……」

「じゃあな」

「そうはさせない」

ジャックさんは魔族に近づいて、攻撃を仕掛ける。だが、魔族の仲間たちが集まって、こいつを守った。

（時間稼ぎのためにヒントを言ったのか……）

「じゃあな。すぐに会えるさ。その時はお前も覚悟しておけ」

俺のことを見ながらそう言って、この場から消え去っていった。

「パパ、リュカ。大丈夫？」

「私は大丈夫だ」

「俺も」

そう言いながらも、冷や汗が止まらなかった。

「ごめんなさい。私、何もできなくて」

「それはしょうがないことだよ。それよりも、リュカさん。後日少し話がしたい」

「はい」

その後、俺たちはすぐさま救護班に治療をしてもらった。その時、エルやアイン、イブは心配そうにしていたが、対応することもできずに寝てしまった。

翌朝。ジャックさんから公爵家付近で戦闘を行っていたモンスターたちが帰っていったことを聞かされて、今は後始末を行っていると伝えられた。

「リュカさん。君は何者なんだ？」

「え？」

俺が首を傾げてジャックさんのことを見ると、疑いの目を見せてきた。

「別に君を疑っているわけではない。だけど、あんなに強いとは思いもしなかった。はっきり言って君の実力は異常だ」

「……」

「最初に会った時から、強いとはわかっていた。だけど、あの魔族と対等。いやそれ以上に戦えていた。それはなぜ……」

「多分、無属性魔法が使えるからだと思います」

「そ、それは本当か？」

「はい。まだ、明確にどんな魔法なのかわかりませんが、自身の最高速度で剣を振ったら、斬撃も起きるというものです」

今までの経験上、剣を振ったあとに斬撃が起きて、二度攻撃をしていることになっていた。だから、それを事細かく説明した。

すると、ジャックさんは驚いた表情をして尋ねてきた。

「それはすごいな。でも、なんであそこまで早く剣を振れるんだ？　それ以外にも、立ち回りや相手の動きなども予測していた。それはどうやって？」

その問いに、無言になってしまった。ここで嘘をついても信じてもらえないと思った。それに加えて、転生しましたなんて言ったところで信じてもらえるはずがないし、転生したと言うつもりもなかった。

ジャックさんは俺の反応を見て、何か考えた素振りを見せたあとに言った。

「まあ、言えないこともあるか。いずれ話すことができる時がきたら教えてほしい」

「あ、ありがとうございます」

その後、軽く二人で雑談をしていると、みんなが中へ入ってきた。それを確認したジャックさんが話し始める。

「みんなには頼みがある」

「なに？」

「魔族の言った通りなら、都市・バリーが危ない」

「え？」

　みんなが驚いた表情をしていた。

「一旦、説明をさせてほしい」

　魔族がなぜ公爵家を狙っているのかという問い。それは、公爵家の視野を狭めて、ルグニア王国の主要都市を攻め込むと考えられるから。

（結局、あいつは本質を言わなかったのか）

　俺はそこで、ダンジョンで出会った魔族の言うことを少しでも信用したことに後悔する。

「私ももちろんルグニア王国に行く。だが、みんなも来て一緒に戦ってほしい。学生のみんなにこんなことを言うのはおかしいってわかっている。しかし、人手が足りなくなるのは目に見えているから」

　その言葉にアリスが言った。

「私はいいよ」

俺も続くように了承すると、エルたちみんなも頷いた。

「ありがとう。じゃあ、準備ができ次第向かおう」

「うん」

「時間も時間だから、転移魔法を使うから」

そう言ったあと、全員部屋に戻って準備の時間に入った。

（ここで、無属性魔法のことをわかっておかなくては……）

まず、斬撃を出す方法は最速で剣を振ること。でも、なんで斬撃が出るのか。

（見えない剣があるのか？）

いや、それなら最速で剣を振る意味がない。

（なら、なんだ？）

頭を悩ませていると、一つひらめく。

「剣の速度によって、時間のずれが現れているのか？」

それなら、少しだけ辻褄が合う。

剣を最速で振ったから、剣の振った速度といつも振っている速度にずれが起きて、斬撃が現れるのかと。

（でも、それなら遅く振ったとしても斬撃は現れるのではないか？）

そう考えていると、イブが言ったことを思い出す。

〈無属性魔法は自身にしか解明できない〉

もし俺にしかわからないなら、意識の差かもしれない。

前世の俺よりも振る速度は遅いと思っていた。だけど、思っているよりも速く剣を振ることができるから自身の考えとずれが起きているのかもしれないと。

なら、自身の意識で斬撃を作ることができるのかもしれない。

（試してみる価値はあるな）

「バリーで戦う時に試してみるか」

そう思いながら、軽く準備を済ませてみんなと合流した。

そして、転移魔法でルグニア王国の主要都市・バリーへと移動した。

五章　魔族の攻め

俺たちが都市・バリーの中へ転移すると、すでに外がうるさかった。

「みんなは外に出て、情報収集と国民を助けてくれ。俺はやるべきことがある」

「はい」

ジャックさんの指示の下、俺たちは外に出る。すると、モンスターたちが都市・バリーに入っていて、混乱状態になっていた。

「一旦、助けられる範囲で助けて、ギャラリック学園に向かおう」

「なんで、ギャラリック学園？」

エルがそう尋ねてきたのに、アリスが答えた。

「ギャラリック学園にはダンジョンがあるから、そこが大元になっている可能性があると思う」

「ありがと」

その後、すぐに行動へ移して、モンスターを倒していきながら国民を助けていく。

そして、一時間もしないうちにギャラリック学園へたどり着くと、先生や生徒たちとモンスターが戦っていた。

俺たちもすぐさま加勢に入り、モンスターを確実に倒していく。

そんな時、同じクラスメイトの一人であるドワーフ——ビギル・トルイが、下級魔族と戦っていた。

みんなより一歩早く動いた俺は、ビギルにトドメを刺そうとしてた魔族の攻撃を受け流して、距離を取った。

「大丈夫？」

「あ、ありがとう」

そしてエルやアリスたちも俺たちの元へたどり着いて、イブがビギルに治癒魔法を施した。そんな光景を見ていた下級魔族が、俺たちに攻撃を仕掛けてくる。

（やってみるか）

俺は頭の中で斬撃を出すイメージをして、剣を振った。すると、思っていた通り、一秒後に斬撃が現れて、下級魔族を倒した。

（できた）

やっぱり、あの時考えていた予想が当たっていた。でも、斬撃を出す時間が早くなったり、もっと遅くなったりするのはどうやるんだろうと思った。

すると、ビギルが頭を下げてお礼を言ってきた。

「助けてくれてありがとう」

「あぁ。それよりも他のみんなは？」

「あいつらは先に逃げていったよ。俺は出るのが少し遅れて今の状況に陥ったってかたちだ」

「そっか。本当に無事でよかった」

俺がそう言ったら、ビギルが少し疑問そうに尋ねてきた。

「お前は俺のことが嫌いじゃないのか？」

「え、なんで？」

「だって、俺はドワーフだぞ？　それもエルフのことを……」

そう言いながら、イブのことを見た。

（あ～。そういうことか）

イブとパーティを組んでいるから、俺たちがビギルのことを嫌っているのではないかと思っているのだ。

「俺は嫌ってなんかいないぞ。それにビギルがイブに何かをしたわけじゃないんだろ？　なら、関係ないじゃないか」

「そうですね。種族間でいざこざがあるからって、助けない理由にはならないですから」

「そ、そうか」

「それで、これからどうするの？」

ビギルに尋ねると、少し考えた素振りを見せたあとに言った。

「わからない」

「じゃあさ。俺たちと一緒に行動しないか？」

その言葉に、ここにいるみんなが驚いていた。

「ビギルを一人にしておくことの方が危ないと思う。なら、俺たちと一緒に行動した方が安全だと思うんだよね」

みんなにそう言って、提案すると、イブが言った。

「私はいいですよ」

その言葉にエルとアリス、アインが頷き始めた。

「じゃあ、そういうことで一緒に行動しよう」

「あ、ありがとう」

「じゃあ、これからどうするかだね」

現状、ジャックさんには情報収集という点と、国民を守ってほしいという点を言われている。だけど、この状況でどっちも行うことがどれだけ難しいことかはわかっている。

「俺とエル、ビギル。アリスとイブ、アインの二手に分かれよう。俺たちは情報収集をするから、アリスたちは国民を助けてほしい」

国民を助ける際に治癒魔法を使える存在は必要。そのため、イブには国民を助ける方に回ってもらわなくてはいけない。だけど、イブとビギルは仲がいいとは言えない。

なら、戦闘面で俺とアリスを分けて、魔法が使えるエルを俺たちに入れて、アインにはアリスの援護をしてもらおうと思った。

「わかったわ。リュカ、そっちはお願いね」

「アリスも頼んだよ」

そして、俺たちは集合する時間を決めてこの場から離れた。

「リュカにエル。俺の部屋に行きたいんだが、いいか？」

「いいけど、どうしたんだ？」

「俺の部屋に大切なものが置いてあるから、それを取りに行きたいんだ」

その問いに、俺はエルの方を向く。すると、頷いて了承していたため、俺も頷いた。

「じゃあ、そこに向かおうか」

「うん」

「ありがとう」

そして、ビギルの案内の元、部屋へと向かった。

道中、モンスターがうろうろとしていたが、バレないように大回りして移動した。

その途中、ダンジョンの入り口を見ることもできたが、そこからモンスターが出てきているわけではなかった。

（予想が外れたってことか）

そこから、三十分ほど経ってやっと、ビギルの部屋へとたどり着いた。

「ありそう？」

「ちょっと待ってくれ」

俺とエルはビギルのことを見ながら待っていると、剣みたいなものが筒に隠されいていった。

ていいるのを持ってきた。

「あったよ。ありがとう」

「よかった。じゃあ、情報収集に入ろうか」

俺たちはそこから、先生方や生徒たちにモンスターが現れた時期や場所などを聞いていった。

モンスターが現れた時期は、今から三時間ほど前であり、場所は不明。

（それにしても早いな）

公爵家を出たのは、今から一時間ほど前であり、魔族と戦ったのは三時間ほど前。

（魔族も連携が取れているってことか）

そう思いながら、他の情報も収集していくと、瀕死状態の生徒が言った。

「モンスターが現れたのは、王宮だと思う」

「え？　でも、そんなことありえなくないか？」

「俺もおかしいと思っているさ。でも、王宮からモンスターたちが現れてくるのを見たんだ」

「……。ありがとう」

一緒に救護班がいるところまで行って、生徒を送り届けてからこの場を離れた。

「エル、ビギル。今から王宮に向かおうと思う」

「うん」

「わかった。でも、王宮にたどり着いてからどうするんだ？」

「今回起きた真相を知る」

今回、おかしなことが多かった。なんせ、魔族がダンジョン内にいたことや公爵家に攻め込んできたこと。そして、ルグニア王国の主要都市・バリーが魔族やモンスターに攻め込まれていること。

今まで起きたことすべてがおかしい。

だから、真相を知る必要がある。そのため、俺たちは王宮へと向かい始めた。

先ほどと比べて、街中にいるモンスターの数が減っていることに少し驚く。

(なんでだろう……)

「まあ、今考えている場合でもないか」

みんなで歩き続けると、アリスたちと出くわす。

「大丈夫？」

「ええ。それよりもリュカたちは何をしているの？」

「俺たちは今から王宮に向かうところなんだ」

「なんで？」

その問いに対して、先ほど聞いた情報を伝える。

「え、王宮から魔族やモンスターが？」

「あぁ。だから、あっているかどうかを確かめに行く」

「そっか。そっちはお願いね」

「うん。それよりも、何か違和感とか無い？」

アリスたちにそう尋ねると、アリスとイブは首を振っていたが、アインが言った。

「モンスターたちが徐々に北東に行っている気がする」

「北東？」

「うん。だから、ここら辺にはあまりモンスターがいないと思うんだ」

「ありがとう」

俺たちはアリスたちと別れて、再度王宮へ向かい始めた。

（やっぱり、俺の勘は間違ってなかったか）

モンスターが減っていたことは間違っていなかったと。

（でも、なんで北東なんだ？）

モンスターたちが中心部にある王宮に向かうならともかく、なぜ北東に向かうんだ……。

モンスターの行動が腑に落ちなかった。

「リュカくん？」

「なんでもない。今は王宮へ向かおうか」

「うん」

俺たち三人で王宮を目指して歩いて行くと、徐々にモンスターの数が減っていった。

（どういうことだよ……）

普通なら、王宮を攻め込むのがセオリーだと思う。それなのになんで、王宮付近にはモンスターがいないんだ。

最初は騎士たちがモンスターを退治したのかと思ったけど、モンスターの死体が少なすぎる。

そう考えていた時、目の前にジャックさんがやってきた。

「リュカさん。何か情報は掴めましたか？」

「はい」

俺は今まで得た情報をジャックさんに伝える。

「やっぱり」

「わかっていたのですか？」

「そうですね。魔族の発言からして、内部にも魔族がいるのではないかと思っていましたから」

その言葉に、アリスと俺が人間に化けていた魔族と戦った時のことを思い出す。

「……。そういうことですか」

「私は、今から北東に向かわなくちゃいけないので、王宮で何かありましたら、即座に逃げてください」

「わかりました。それよりも、北東で何かあるのですか？」

「さっきリュカさんが言った通り、モンスターたちが北東へ集中しています。そのため、私はその排除をしに行くところです」

「そうなのですね」

「はい。それにしても、本当に不甲斐なくて申し訳ない」

その言葉に俺たちが驚いていると、ジャックさんが言った。

「学生にいろいろと頼むなんて、あってはいけないこと。それなのに現状はリュカさんやエルさんに頼っている。それがどれだけ不甲斐ないことか」

「それはしょうがないことです。使える存在は使うのが普通ですので」

「そう言ってもらえると助かるよ。じゃあお互い無理の無いように」

ジャックさんはものすごい速度でこの場を去っていった。

俺たちもすぐに行動へ移して王宮へと向かい、モンスターと接敵することも無くたどり着いた。

王宮の中には、誰一人としておらず、薄暗い状況になっていた。

(どういうことだ?)

いつも、誰かしらは警備の人がいるはずだ。それに、今の状況からして警備の人がいない方がおかしい。

「なあ、エル。今の状況どう思う?」

「わからない……。でも、普通じゃないよね?」

「あぁ。ビギルは?」

「俺も王族だが、こんな状況おかしい」

(え?)

ビギルって、王族だったのかよ。

「そっか」

俺たちは、王宮内を散策し始めた。

最初に見えた部屋に入ると、入り口同様もぬけの殻になっていて、そこから部屋を巡回していくが、人っ子一人いなかった。

（まじで、どうなっているんだ？）

警戒心を強めながら、先へ進んでいくと倒れている騎士と出会う。

「どうしましたか⁉」

「お前たち、国王を守ってくれ……」

「何があったんですか？」

「どこからかゲートが現れて、モンスターと魔族が攻め込んできた。だから、今、王室で騎士たちが戦っている」

その言葉に少し、違和感を覚える。

「戦闘音がしませんけど……」

「魔族が音を遮断する魔法を使っている」

騎士は口から血を吐きながら意識を失った。

すぐさま二人を見てから、奥へ進んだ。すると、ある場所を越えたら戦闘音が聞こえ始めた。

（近い）

剣を抜いて歩いて行くと、大きな部屋から悲鳴が聞こえた。そのため、中へ入ると、目の前には倒れている騎士二人と戦っている騎士一人、ゴブリンとコボルトがいた。

「エル、殺るぞ」

「うん」

「ビギルは騎士の援護を頼む」

「わかった」

俺とエルはすぐさま、モンスターと戦闘を始めた。

まず、エルが火玉（ファイヤーボール）と風切（エア・カッター）を使い、近寄ってくるゴブリンを倒していく。そして、コボルトがエルに攻撃を仕掛けて来た時は、俺が一体ずつ斬り殺した。

そこから、十分も経たないうちにゴブリンとコボルトを倒し終わって、ビギルと騎士たちの元へ駆け寄ろうとした時、奥の部屋からオーガが現れた。

（紋章がある）

首元にチラッと見えただけだが、オーガには紋章が付いていた。それはつまり、誰かが使役している証。

（なんで、使役しているモンスターがいるんだ？）

そう思っていると、目の前のオーガが俺たちに攻撃を仕掛けてきた。

（なんだこの威力……）

オーガが振るったこん棒が地面に叩きつけられて、床が粉砕していた。

（使役しているから、普通のオーガより強いってことか）

俺は、エルの方を向いて言う。

「エル、俺が気を引きつけるから、とどめを刺してくれ」

「でもそれだとリュカくんが……」

エルの言いたいことはわかる。オーガの気を引きつけるということは、俺の方がエルより危ないということ。

だから、エルは俺に危険なことをしてほしくないと言いたいのだと思う。

でも、さっきの攻撃を見る限り、エルが力負けする恐れもある。だから、エルの気持ちに応えることができなかった。

「頼む」

「う、うん……」

俺は無属性魔法を使わないで、身体強化だけ使った。

もし、ここで無属性魔法を使ってしまうと、エルに斬撃が当たってしまう可能性がある。それ以外にも、使役している相手にこちらの情報を渡すわけにもいかない。

俺がオーガの間合いに入って斬りかかったが、皮膚に切り傷が付いただけで、反撃された。それを、うまく受け流しつつエルが攻撃できる隙を作るように努力した。

その後も、相手の攻撃を避けながら攻撃を繰り返すと、今までの速度より数倍早くオーガが動いて、こん棒と剣がぶつかり合う。

その時、剣が少し割れる音がした。

(重い……)

すると、オーガは数回に一回早い攻撃を仕掛けてくるようになった。そんな攻防を何度も繰り返していった。俺はオーガの攻撃を避けたあと、武器を持っている腕を何度も斬りつける。

(次で斬り落とせる)

早い攻撃をしてきたあと、一瞬硬直するところを。

「エル、次オーガが早い攻撃を仕掛けてきたら武器を持っている腕を斬り落としてくれ。隙は作る」

「わかった」

そして、オーガが早い攻撃を仕掛けてきた時、ギリギリのところで避けて、足の腱をそぎ落としたら、オーガが倒れ込んだ。エルはその瞬間を見逃さず、オーガの腕を斬り落とした。

それを確認して、俺はすぐさまオーガの目を潰して、首に剣を刺して倒した。

俺はすぐに首元の紋章を確認すると、それは見たことのある紋章であった。

「これって……」

俺がボソッと言うと、隣に立っているエルが言った。

「入学した日に副学園長が見せたやつだよね？」

「あぁ」

すると、後ろからビギルがやってきて、目の前の紋章に驚きを隠しきれていなかった。

「なんで、なんで副学園長が……」

「わからない」

この状況からして、副学園長が魔族と手を組んでいるのは明らかだ。でもなんで、副学園長がルグニア王国を狙うのかわからない。

そう思っていると、騎士の一人が俺たちに話しかけてくる。

「助けてくれてありがとう」

「いえ、数を減らしておいてくれたため、こちらも戦うことができました」

騎士たちが最初にゴブリンとコボルトの数を減らしておいてくれたから、戦えたものの、もしそうでなかった場合は俺たちが負けていた可能性もある。

「それにしても、オーガを倒すとはすごいな」

「ありがとうございます」

まあ、昔も戦っていたしね……。でも、流石に今回のオーガは強かった。

「学生にこんなことを頼むのはあれだが、できれば国王様を助けに行ってほしい」

「そのつもりです」

「ありがとう」

俺たちは騎士たちのいるこの部屋をあとにして、王室を目指して歩き始めた。そして、王室につながっている廊下へたどり着いた時、横にある部屋から副学園長が出てきた。

「!!」

すぐさま俺たちは副学園長から距離を取る。

「そんなに警戒されると悲しいですね」

「……。なんでここにいる？」

「先生に敬語を使うのは当たり前ですよ？」

「もう先生じゃないだろ‼」

　副学園長に叫ぶと、先ほどまでの優しい目つきから冷淡な表情に豹変した。

「気付いているのですね」

「あぁ。なんでここにいる？」

「まあ可愛い学生ですから、教えてあげますよ。私は、この国が嫌いなんですよ」

「は？」

　俺は驚きを隠せなかった。なんせ、今まで副学園長としてやってきた人間。ここまで積み上げてくるのにどれぐらい年月がかかるかわからない。それなのに、国を嫌っているなんて信じられなかった。

「あなたは上層部からの圧力、部下からの嫌味を体験したことがありますか？　ないですよね」

「……」

「その時、魔族が誘ってくれたんですよ。仲間にならないかって」

その言葉で、やっとはっきりした。今回の騒動の原因は、副学園長だと。

「だから、この国を潰します」

「そんなことで……」

俺がボソッと呟くと、副学園長が怒鳴った。

「実際に体験したことない奴がほざくな!!」

エルとビギルはビクッと驚く。

「すみません、取り乱してしまいました。それで本題ですが、あなた方にはここで死んでもらいます」

案の定、そうきたかと思ったが、ビギルだけはそうではなかった。

「なんでですか!!」

「なんでも何も、殺すために情報を伝えたのですから、当たり前ですよ」

副学園長は魔法を唱え始めると、目の前にデュラハンが現れた。すると、隣にいるビギルが震え始めた。

「デュラハン、あいつらを殺ってください」

副学園長の合図と共に、デュラハンは俺たちに攻撃を仕掛けてきた。

俺は剣を抜いて、デュラハンと剣を交える。

（何だこいつ……）

さっき戦ったオーガとは比べ物にならないほど重く、剣の振る速度も速かった。

俺は隙をついて、デュラハンとの距離を取る。

（ビギルは……。戦えないか）

デュラハンを目の前に、体が震えていた。そのため、エルに言う。

「さっきと同じでいこう」

「うん」

オーガの時と同様に、視線を誘導しつつ相手の隙を作る動きをする。だが、オーガの時より、動く速度が数段速く、隙を作るどころか、翻弄される一方であった。

（クソ）

魔族を除いて、今まで戦ってきた中で一番速い。

（どうすれば……あ!!）

「エル。俺のことを信用できる？」

その言葉にエルは戸惑いながらも頷いた。

「次の攻撃であいつの隙を作るから、とどめを頼む」

「わ、わかった」

デュラハンの胸元まで行くと、すぐさま攻撃を仕掛けてくる。

(今だ)

今持てる最大の力を使って、デュラハンの持っている剣と俺の剣をぶつける。その時、周囲にものすごい金属音が走った。

その瞬間、見えない斬撃がデュラハンの腕を斬り落とした。

「エル!!」

俺が叫んだ瞬間、デュラハンの首が飛んだ。

(倒した……)

少しばかり、ホッとしながらエルのところへ駆け寄っていく。

「リュカくん!!」

笑みを少し浮かべながら、エルは俺が近寄ってくるのを待っている。

その時、デュラハンが立ち上がり、首と腕が付き始めていた。そして、エルに斬りかかった。

「エル!!」

俺は叫びながらエルに飛び掛かり、地面に倒れ込む。すると、デュラハンの剣が俺たちの真横にぶつかった。

すぐさま、デュラハンとの距離を取る。

「なんで生きているんだ？」

「でも首は落としたよ？」

「わかっている」

デュラハンを見ながら、状況を理解しようとする。

すると、副学園長が言った。

「驚いていますね。でも、デュラハンは命が無いので何度やっても同じですよ」

（どうすればいい……）

だが、デュラハンは俺たちが次の策を練っている時間を待ってくれるはずもなく、攻撃を仕掛けてくる。

俺がデュラハンの攻撃をさばき、エルが攻撃をする。このようなかたちで一分ほど戦いを続けるが、倒れる気配が一向に現れない。

「はぁはぁ……」

すでに、肩で息をするようになってきていて、それはエルも同様であった。

「リュカくん。私を信じて」

「え？」

エルの方を向くと、何か決心がついた表情をしていた。そのため、頷く。

「何をすればいい？」

「何もしなくていいよ。今まで通り戦って」

「わかった」

先ほどと同じようにデュラハンの攻撃をさばきながら、剣を交える。

（重い……）

最初から一撃一撃が重く、今になって体が悲鳴を上げてきた。

（やるしかない）

エルが何をするのかはわからない。だけど、あんな表情で信じてと言われたら、信じないわけがない。だから、俺はここで勝負にいった。

まず、デュラハンの攻撃を避けて、剣を交えつつ好機を狙う。

何度も剣を交えていくごとに体力が落ちていくのがわかった。そして、あと数回交えたら確実に負けると体が言っている。

俺は全力を出してデュラハンへ攻撃を仕掛けにいく。その時、エルが俺に魔法をかけた。

「リュカくん、今‼」

その言葉と同時に体が軽くなり、力がみなぎってきた。

剣を交えた時、デュラハンの剣が吹き飛んだ。

その好機を見逃さず、デュラハンの四肢を斬り落とした。

（まだだ）

俺はすぐに首を斬り落として、副学園長に突っ込む。

（ここで殺す）

首を狙って斬りかかると、副学園長は剣を取り出して交える。だが、副学園長の剣が吹っ飛んでいった。その瞬間、俺の剣も砕け散った。

それを見た途端、副学園長は不気味な笑みを浮かべながらこちらへ近寄ってきたが、その腹部から大量の血が出てきた。

「はぁはぁ……」

（やっぱり、無属性魔法は疲れがくる……）

そう思っていると、副学園長が言った。

「え……？」

現在の状況に理解できない副学園長は、腹部に手を当てながら倒れていった。その瞬間、デュラハンが崩れ去った。

「リュカくん‼」

「エル……」

隣にやって来たエルは、副学園長の死体を見ながら言った。

「倒したんだよね？」

「あぁ」

「大丈夫？」

「何が？」

俺の問いに、少し苦い表情をした。

「リュカくんが人を殺したから」

（あ〜）

そう言えば、こっちに来てから人を殺していなかったな。アリスと中年男性を倒した時も、結局は魔族であったわけだし。

「大丈夫だよ」

「本当に？」

「あぁ。本当に大丈夫」

流石に、前世で数えきれないほどの人を殺してきた。だから、押しつぶされるような精神にはならない。

でも前世とは違い、少しだけ胸がチクリとした。

「ならいいけど……。辛くなったら言ってよ？」

「うん」

それにしても、剣が壊れちゃったなぁ……。

（そう言えば！）

「エル、俺がデュラハンに斬りかかった時、何をしたの？」

「付与魔法だよ」

「え？　いつ覚えたんだ？」

付与魔法は基礎魔法とは少し違った魔法。今までのエルは、初歩的な魔法しか使うことができなかった。

エルとは、ずっと行動を共にしていたし、覚える機会なんて無いと思った。

「公爵家に向かう途中、イブちゃんやアリスちゃんに教わったんだ」

「そ、そうだったのか」

（でも、なんで、付与魔法なんて覚えたんだ……）

別にエルは弱いわけじゃない。何なら強い方だ。

（それなのになんで……）

俺が首を傾げていると、エルが言った。

「ダンジョンでリュカくんが魔族と戦っている時、思ったんだ。私はリュカくんの隣で戦うことができないって」

その言葉の意味を理解できず、首を傾げる。

「最初は、リュカくんの隣にいたいと思っていた。でも、それは諦めたの」

「なんで⁉ エルは強いよ？ 周りも認めていたじゃんか」

エルの実力は、同学年の中でもトップクラスである。それは、ギャラリック学園の試験で示していたし、アリスたちだって認めていた。それなのに、なんで……。

「周りが認めるんじゃダメなんだ。私はリュカくんに認めてもらいたい」

「認めているよ」

「本当に？」

その問いに頷くと、エルは少し辛そうな表情をしながら言う。

「ならなんで、オーガやデュラハンの戦いで私と対等に扱ってくれなかったの？」

「いや、対等に扱っているよ……」

「嘘。対等に扱ってくれているなら、一緒に攻め込んだ方がいいに決まっている。

だけど、それをやらなかったってことは、私には相手の力量が耐えられないと思ったんじゃない？」

　何も言えなかった。実際にその通りだったから。

「それが、証拠だよ」

「でも、認めていないなら一緒に戦おうなんて言わない」

　実力が伴っていない人と戦うということは、こっちも危ない状況になる。言わば、足手まといというやつ。だけど、エルはそうではない。

「うん知っているよ。リュカくんはそう言うと思っていた。でもね、最初に言った言葉を思い出してみて。私は、リュカくんと対等になりたいの。背中を任せられる存在になりたい。でも、今の私の実力じゃ無理。それはリュカくんが一番わかっているんじゃない？」

　その言葉に答えることができなかった。

「だからね、リュカくんの援護をするようにしたの」

「エルはそれでいいの？」

「うん。でもね、私は剣を諦めたわけじゃないよ。リュカくんみたいに突出した実力があるわけじゃない。だけど、付与魔法や基礎魔法、応用魔法を極めて魔剣士になろうと思うの。リュカくんとは違う魔剣士」

「俺とは違う魔剣士……」

「そう。リュカくんは無属性魔法と剣術を組み合わせた特殊な魔剣士。だけど、私は一般的な魔剣士になろうと思う。だから、その実力ができるまで待っててほしいな」

「あぁ。待ってる。いつまでも待っているさ」

「ありがと」

するとエルはホッとした表情になった。

お互いの会話が終わったところで、ビギルが話しかけてくる。

「リュカはこれからどうするんだ？」

「どうするって。もちろん国王様の元へ行くだけさ」

「でも剣が無いだろ？」

ビギルの言う通り、さっきまで使っていた剣は壊れてしまった。

デュラハンが使っていた剣は、俺が使っていた剣より大きいため、使うことができない。

そのため、あたりに落ちている剣を拾う。騎士が使っていた奴だよな……。

（借ります）

俺は心の中で、持ち主の騎士にお礼を言う。

「これを使うよ」

「そうか。もし、それもダメだった場合は言ってくれ」

「わ、わかった」

（何かあるのか？）

そう思いながらも深く追及はせず、国王がいる部屋へと向かった。

部屋に近づいて行くごとに、戦闘音が聞こえなくなっていった。

こんなことあり得るはずがない。相手の目的は国王の命だから、最も戦闘音が聞こえるのは王室付近のはずだ。

（どういうことだ？）

それなのに、戦闘音が聞こえなくなっていく事実に戸惑いを隠しきれなかった。

魔族やモンスターを追い払ったとは考えにくい。なんせ、さっき副学園長を倒したばかりなのに、相手が逃げたり追い払われたりしたとは考えられない。

（だとしたら……）

「国王が危ない!!」

すぐさま、常備している回復ポーションを飲んで走り出すと、エルが驚きながら話しかけてくる。

「リュカくん。国王様が危ないってどういうこと？　さっきから危なかったんじゃない？」

「状況が変わった」

「え？」

俺の予想だと、すでに王室には魔族がいる可能性がある。それも、こちら陣営はほぼ壊滅しているほどに。

「今は話している時間がない」

俺が走り出すとエルとビギルは追いかけてくるかたちで王室へと向かった。

王室の目の前にたどり着いた。俺たちは一呼吸入れたあと、身体強化を使って扉を開ける。すると、案の定王室の中には騎士の死体だらけであった。

そして、公爵家で出会った魔族とダンジョンで出会った魔族が立っていた。

「あ、お久しぶり」

俺は、目の前の魔族たちを睨みつけると、驚いた表情をしながら言われる。

「そんなに睨むなよ。怖いじゃないか」

「……」

するると、公爵家で出会った魔族に言われる。

「こいつは俺の獲物です。手を出さないでください」

「はいはい。俺の方が先に出会ったんだけどな」

「もし手を出すなら、あなたから殺しますよ？」

「お～怖い怖い」

ダンジョンで出会った魔族はそう言いながら、一歩下がった。

「じゃあ、殺り合いましょうか」

「その前に一つ質問していいか？」

俺の問いに対して、魔族は首を傾げる。

「なんですか？」

「なんでルグニア王国を狙ったんだ？」

「そんなの簡単ですよ。ここが邪魔な存在だったからです」

「邪魔？」

「それ以上は死んでいく奴にも言えませんよ。では」

すると、魔族は俺に突っ込んできて攻撃を仕掛けてきた。

（この速さなら対応できる）

前回とは違い、魔族の剣が見えたため、難なく避けることができた。すると、先ほどより少し速い攻撃を仕掛けてくるが、それも躱す。

（俺が強くなったのか？）

今の状況に納得がいかなかった。こんな早く強くなるなんて考えられない。あの時、公爵家でジャックさんと戦っていた魔族はもっと強かった。

（それなのになんで？）

一旦、魔族と距離を取り、エルの方を向く。すると、魔法を唱えていた。

（まだ付与魔法は使っていないのか）

なら、なんでこんなに余裕があるんだ……。

そう思っていると、魔族が距離を詰めて無数の攻撃を仕掛けてくる。

（やっぱり遅い……）

全ての攻撃を避けきると、魔族は後方へと移動した。その時、腹部から大量の血が流れていた。

（もしかして……）

あれは、俺が公爵家で魔族に与えた傷だ。

（なんで治っていない？）

魔族は人族やエルフなどの他種族に比べて、数倍の速度で傷を回復することができる。それは、どんな傷でも同様だ。

普通なら、公爵家からバリーへ来るとき、魔族の同胞に回復してもらうはず。そうじゃなくても、俺が与えた傷のまんまとは考えにくい。

（それなのに、なぜあのまんまの状態なんだ？）

でも、これは好機かもしれない。俺はすぐさま、エルの方を向くと、付与魔法をかけてくれた。

（今だ）

前回と今回の戦いで、俺の速度に対応してきて油断しつつある。それに加えて、現状の怪我を考えると、今までの行動はできないはずだ。

そこを俺は見逃さず、自身の最高速度で動いて、魔族に攻撃を仕掛ける。

「ッ!!」

魔族はとっさに後ろへ移動して、一撃目を避ける。だが、俺は縮地法を使うことによって、相手との距離を一瞬にして縮めて、右腕を斬り落とした。

（ここで殺す）

魔族が腕を押さえている状況で、首へ斬りかかった。その時、魔族はこちらを睨みつけたが、重心がずれた。そして、俺の繰り出した剣が魔族の心臓に突き刺さった。

「お、お前のせいで……」

その言葉にゾッとする。

「ここで、道づれだ」

すると、魔族の左手が俺の背中に回って、動けない体勢になる。その時、体が膨れ始めて、破裂しそうになった。

「リュカくん‼」

エルはこちらへ近づいてこようとした。

「こっちに来るな‼」

（どうする？）

考えろ。今までのことを思い出せ。

（‼）

俺は、もう一人の魔族の方へ突っ込むと、魔族は仲間もろとも斬りかかってきた。

すると、抱き着いてきている魔族の背中から血があふれだして、離れることができた。

その時、魔族が爆発して、あたり一帯に血しぶきが舞った。

(あ、危なかった)

目の前の光景を見て、前世でいう酸と同じようなものだと思った。なんせ、魔族の血が付いた地面がえぐれていたから。

(あれをくらったら、確実に死んでいた)

だが、考えている余裕も無く、近くにいる魔族が攻撃を仕掛けてきたため、相手の衝撃をうまく利用して距離を取った。

すると、魔族は笑みを浮かべながら言った。

「怪我をしていたからとはいえ、お前が倒すなんてなぁ」

「……」

「まあ、あんな奴死んでくれてよかったけどよ」

その言葉に、つい質問してしまう。

「仲間じゃなかったのか?」

「仲間？　笑わせるよ。俺たちに仲間なんて概念は無い」

「それでも……」

「前にも言っただろ？　あいつのことが嫌いだって」

そう言えば、ダンジョンで公爵家が狙われている情報をくれたのもこいつだった。

「そんなことより、殺り合おうぜ」

そう言った瞬間、距離を一瞬にして詰めて、斬りかかってきた。

俺は攻撃をうまく躱しつつ、攻撃する隙を窺う。

（戦える）

この前は、防戦一方で攻撃をする余裕なんてほとんどなかった。でも、今はあいつの攻撃が見える。

そこから、一分にもわたる攻防戦を繰り広げていると、魔族が闇魔法を放ってきた。

（あれはやばい）

俺はすぐさま魔法を避ける。だが、この一瞬の隙をつかれてしまい、壁へと吹き飛ばされてしまった。

「リュカくん!!」

エルは俺の目の前に立ち、剣を構えた。

口の中から血が出て来る。それに加えて、意識が朦朧とした。

俺はすぐさま回復ポーションを飲んで、息を整える。その時、魔族が言った。

「楽にしてやるよ」

魔族は俺たちの方へ近寄ってきて、攻撃を仕掛ける。

そこから、エルと魔族の戦闘が繰り広げられていった。案の定、魔族の攻撃がエルの体をむしばんでいく。

だけど、立つことがきつい。いくら回復ポーションで傷を治すことができても、今までの疲労の蓄積が治るわけではない。

(ここで頑張らなくて、いつ頑張るんだ)

そう自分に言い聞かせて、エルと魔族の攻防に加わる。そこから、魔族と剣を数回交えると、俺の剣が砕け散った。

(な、なんでこんな時に……)

そう思った時、ビギルが叫ぶ。

「リュカ!! これを使え」

上空から剣が飛んできて、受け取る。俺はすぐさま鞘から剣を出して、魔族との交戦に交ざる。その時にはエルは限界に近づいてきていたため、渾身の一撃を魔族の剣にぶつけて、吹き飛ばす。

「エル、ありがと」

「でも、リュカくんが」

「大丈夫。休んでて」

「う、うん」

その瞬間、エルが俺に魔法をかけた。

「これが今できる最後の付与魔法。あとはお願い」

先ほどの体の重さが無くなり、身軽になった。

「ありがと」

俺はすぐさま魔族に攻撃を仕掛ける。だが、易々と攻撃が届くはずもなく、剣を数度交える。

（このままじゃダメだ）

そう。魔族と対等には戦えている。だけど、今の俺はエルの付与魔法によって、無理やり戦っている状態。だから、先にボロが出るのは確実に俺の方だ。

そのため、先に仕掛けなくてはいけない。

そう考えながらも、すぐに策が思い浮かぶはずもなく、魔族との交戦が続く。

（やばい、体が徐々に重くなってきた……）

すると、後方から魔族に向かって火玉（ファイヤーボール）が飛んでいく。

「え？」

俺が驚いていると、ビギルとエルが魔法で援護し始めてくれた。

「邪魔くせーな」

そう言いながら、魔族がエルたちに視線を向けた。

俺は魔族がエルたちに攻撃を仕掛けないように、斬りかかる。

「ッチ」

そこから、エルたちの援護をうまく利用しながら魔族と戦闘を繰り広げる。そして、とうとう足にきてしまい、膝が悲鳴を上げる。

（やるしかない）

後方から来る火玉（ファイヤーボール）に魔族が視線を向けている時、俺は縮地法を使い後方へ移動する。

そして、魔族の一瞬の隙をついて斬りかかった。この時、俺は今までの中で一番速い速度で剣を振ることができた。

「⁉」

だが、魔族はとっさに俺の方へ剣を向けて鍔迫り合いになる。

(予定通り……だ)

その瞬間、魔族の腕に斬撃が飛んで、血しぶきが上がる。

「クソ……」

魔族は一歩下がって、こちらを睨みつけてくる。

「何をした?」

(やっぱり)

案の定、先ほど倒した魔族から無属性魔法のことを聞いていなかった。なんせ、最初の会話から、こいつらは仲間ではないと言っていた。なら、俺の情報も流すことは無いのではないかと思った。

(賭けに勝った)

そう思った瞬間、付与魔法が切れて、体全体が悲鳴を上げる。それと同時に、剣が粉砕してしまった。

(あ、あとちょっとなのに)

こいつにダメージを与えることはできた。だから、あともう少し体さえ持ってくれれば、ワンチャン倒すことだってできた。それなのになんで……。

　すると、魔族は俺のことを見ながら笑った。

「お前、限界だな。一瞬で殺してやるから」

　そう言って、俺に近づいてこようとした。その時、魔族は俺の方を向きながら言う。

「クソ」

「⁇」

　首を傾げながら魔族の方を見ていると、後ろの扉が開いた。すると、そこには俺ですら知っている人物が入ってきた。

「ブレイン・ファルバード」

　そう。この国の騎士団長であり、三大騎士である人。

　すると、一瞬にして俺の目の前に現れて言われる。

「よく頑張ったな」

「はい」

「あとは任せろ」

「お願いします」

　俺はエルたちの元へと後退していく。その時も、魔族とブレインさんは睨みあっていた。

「リュカくん……」

エルの手をそっと握り、目の前の光景を見守る。

そこからは、見たことも無いような光景であった。先ほどまで戦っていた魔族は、防戦一方になっていて、ブレインさんはずっと攻め込んでいた。

（なんだ、あの強さ）

ジャックさんとの戦いを見た時よりも驚きを隠しきれない。

「ここまで、違うのか」

三大騎士と言われるジャックさんとブレインさんは同格だと思っていた。だけど、目の前の光景を見る限り、ブレインさんはジャックさんとは格が違うほどの戦いを見せていた。

そして数分経ったところで、魔族の体は傷だらけになっていた。

「流石に分が悪すぎる」

魔族はそう言って、魔法を唱えた。すると、後方に時空の狭間が現れて、中へ入っていった。

（お、終わったのか？）

そう思っていると、ブレインさんがこちらへ近寄ってきた。

「君たち、本当にありがとう」

「い、いえ。それよりも国王様が」

俺がそう言いながら国王の方を見ると、気絶しているようであった。

「大丈夫だ。死んでいない」

その言葉にホッとする。

「君たちがいなかったら、国王は連れ去られていたかもしれない。本当にありがとう」

「は、はい」

その時、緊張感が途切れて、視界が歪み始める。

「リュカくん!? リュカくん!!」

エルの言葉に反応することもできないまま、気を失った。

エピローグ

目を覚ますと、今まで見たことのある部屋の中であった。

(俺の部屋……か)

俺はすぐさま立ち上がろうとすると、体中から悲鳴が上がる。

「痛って」

(無理だな)

それにしても、なんで俺は実家にいるんだ。

そう疑問に思っていると、部屋にエルが入ってくる。すると、泣きながら抱きついてくる。

「リュカくん!!」

「あ、あぁ。心配かけてごめん」

「うん」

その後、エルが泣き止むまでずっと頭を撫でた。そして、エルが泣き止んだところであのあとのことを質問する。

「あのあと、何が起きたの？」

「それはね」

エルはあのあと何が起きたのかを説明してくれた。

まず俺が気を失ったあと、ブレインさんが国王と俺たちを安全な場所まで移動させてくれたらしい。その時も、俺は気を失っていたことから、実家に帰すことになったらしい。

そこから、丸一日気を失っていたらしい。

「教えてくれてありがと」

「うん。それよりも、本当に無茶だけはしないで……」

「でも、あの時は無茶をしなくちゃ」

そう。あの時、俺が無理をしなかったらみんな死んでいたかもしれない。だからしょうがないことだと思う。

「それでもだよ。誰もリュカくんだけ死んでしまうことなんて望んでいない」

「でも……」

「でもじゃない!!」

「ご、ごめん」

するとエルはハッとした表情になった。

「今、みんなが来ているけど、部屋に入れてもいい?」

「アリスたち?」

「うん」

「その前に、父さんと母さんたちに話をしなくちゃだから」

「そ、そうだね」

すると、エルは父さんと母さんを呼びに行った。そして、部屋の中に入ってくると、案の定体をベタベタと触られる。その後、ここまで起きたことを聞かれて、部屋を出ていった。

「じゃあ、次はアリスたちだね」

「うん」

俺の言葉に、エルはすぐさま部屋をあとにした。

(それにしても、みんなここに来ているのか)

そこから、十分程度待っていると、部屋の中にアリスとアイン、イブが入ってきた。まず、第一声はアインであった。

「大丈夫か？」

「あぁ。まあ体中は痛いけどな」

「ならよかった」

すると、イブが言う。

「命にかかわらなくてよかったです」

「そうだな」

そして、最後にアリスが涙を少し流しながら言った。

「本当に無茶だけはダメだよ。エルにも言われなかった？」

エルの方を向いて、一瞬ビクッとしながら答える。

「あ、あぁ。肝に銘じるよ」

「じゃあ、私たちが知っていることを話すね」

そう言って、アリスが説明を始めた。

アリスたちはあのあと、国民たちを助ける作業をしていると、北東から国民たちが逃げ込んできたため、救助にあたっていたこと。

そして、国民たちが逃げ込んできたあとから、モンスターもやってきたらしい。

それに対処したのが、アリスとアイン。

「そんなことがあったのか。でも、なんで北東にモンスターたちがいたんだ？」

そう。なぜ、北東方面にモンスターがたくさんいたのか。普通なら王宮付近にいるはずなのだから。

「これは私の予想だけど、北東にはバリーの何かがあるって言われているの」

「何かって？」

「それがわからないのよ。でも、それがあるおかげでバリーは安全だと言われているわ」

「へ～。そうなんだ。じゃあそれを狙われたってことか」

「うん。だから、三大騎士であるパパやブレインさんは、王宮ではなくそちらに行っていたと思うよ」

「……」

（それにしても、何かってなんだろう？）

ジャックさんやブレインさんが国王よりも守るような存在が北東にはあるってことだと思う。だけど、国王以上に守るような存在って……。

（わからない）

「それよりも、リュカ。私たちは国王様に呼ばれているから、再来週王宮に行くよ」

「あ、そうなの？」

俺はエルやアイン、イブたちの方を向くと頷いていた。

「でも、無茶は良くないから無理だったら無理ってエルに伝えるんだよ」

「あ、うん」

その後、みんなでいろいろと一昨日まで起きていたことを話し合ったあと、みんなは帰っていった。

次の日から、回復魔法や薬などをやってもらい、日が経っていくごとに体の痛みが引いていった。そして、一週間ほど経つと通常通りの体になっていた。

王宮に行く日までの残りの日数は、今まで通りに体が動かせるよう、軽く運動などして過ごした。そして当日。

「リュカくん、大丈夫？」

「あぁ。王宮へと向かおうか」

「うん」

俺の家族とエルの家族で馬車に乗って、王宮へと向かった。

エルの家族は一緒に馬車へ乗っていいのかと何度も聞いてきたが、父さんがそこは押し切った。

（そう言えば、エルって俺の家の奴隷なんだもんな）

はっきり言って、そんなこと忘れていた。すると、母さんが質問した。

「エルちゃんは今の自分をどう思う？」

「え、えっと……。満足しています」

「本当のことを言っていいのよ？」

「本当に満足しています」

「そうなのね。ならいいわ」

（なんで、そんな質問をしたんだろう？）

俺は首を傾げながら母さんを見たあと、エルの方を向くと、微笑んでくる。

その顔を見て、少しドキッとする。

そして、あっという間に王宮までたどり着く。

（やっぱり、すべては直っていないよな）

この前の戦闘で、少しばかり王宮が破損していたが、それでも大きな損害が無かったため、通常通り使っていた。

すると、騎士たちが俺たちの前に来てくれて、案内をしてくれる。

そこから王宮を歩くと、衣装室へと移動させられる。

「ここで皆さん着替えてください」

「わ、わかりました」

衣装室にある洋服の中から、正装と思われるものを選んで着る。そして、みんなの元へと行くと、エルはドレスを着ていた。

「ど、どうかな？」

「かわいい」

「あ、ありがと。えへへ」

その後、みんなで王室の前にたどり着いて、中へ入る。すると、そこにはアリスやアイン、イブたちもいた。

俺たちに用意されていた場所に行くと、国王様が出て来て話し始めた。

「今から、今回起きた騒動の総括をする」

そう言って、これまで起こったことを話し始めた。まず、公爵家やルグニア王国の情報を流していたのはギャラリック学園の副学園長であったこと。

公爵家が狙われたのは、魔族の言う通りルグニア王国の戦力を減らすこと。それに加えて、注意を公爵家に向けるためであったこと。

今回の死者数はここ最近起きた中で最大級であったが、国民が死んだのは騎士の数分の一で収まったことを説明してくれた。

「次に、今回功績を残したものを前に呼ぶ」

国王がそう言うと、俺とエル、アリス、アイン、イブ。それに加えて、ビギルや騎士数名とジャックさんやブレインさんたちが呼ばれた。

まず、騎士数名には階級の繰り上げが言い渡された。ジャックさんとブレインさんにも多大な報酬がいくとのこと。

そして、ついに俺たちの番になる。

「アイン。前に」

「はい」

アインが国王の前で頭を下げる。

「今回の功績、お主がいなかったら多数の国民が死んでいた。本当に感謝する」

そう言われたあと、アインには宮廷騎士へ入団できる切符が言い渡される。

（すごいな）

宮廷騎士とは、ギャラリック学園の中でも、数年に一人しか入れないと言われているところ。

それを、入学間もない一年生の今から言われているのだから、本当にすごい。

「次にイブさんとビギルさん」

「「はい」」

二人は頭を下げずに、返事だけした。

（王族だから、下げたら外交問題になるのかなぁ）

「二人には、もし自国が危険な目に合った時、早急に支援することを約束しよう」

「「ありがとうございます」」

「アリス。前に」

「はい」

アリスにもアイン同様、宮廷騎士になる約束を言い渡された。

「エル。前に」

「は、はい」

エルは、みんなとは違い、少し挙動不審になりながら前に行く。

「そなたにも、宮廷騎士。もしくは宮廷魔導士にすることを約束しよう。そして、もし望むなら家族ごと平民に上げることも約束しよう」

「え……」

エルはとっさに後ろを振り向いて、家族の方を見る。すると、エルの両親は首を横に振った。

「ありがとうございます。ですが、平民に上げてもらわなくて大丈夫です」

「そうか」

そして、最後に俺の番へとなった。

「リュカ。君がいなかったら私の命はなかっただろう」

「い、いえ。そんなことは……」

「謙遜はいい。ブレインから聞いておる」

「……」

「そのため異例ではあるが、リュカを騎士爵にしようと思う」

「え？」

その言葉に驚きを隠しきれなかった。なんせ、騎士爵というのは、一代限りではあるが貴族になるということなのだから。

俺は男爵家の三男ではある。だけど、家は継げないので家を出たら平民となるのだ。それを今、永遠と貴族としてやっていいぞと言われた。

「いえ。ありがとうございます」

そして、俺が家族の元へ行くと、全員驚きを隠しきれていなかった。

そこから、国王様がいろいろと話したあと、今回の総括が終わった。

俺たちが部屋を出て、対談室に入ると、みんなから祝福される。

「リュカおめでとう」

「これでずっと貴族であるんだね」

「おめでとうございます」

「あ、あぁ」

だが、エルだけは少し不安そうな表情をしていた。

「エル、どうしたの？」

「な、なんでもないよ。本当におめでとう」

「ありがと」

その後、家族からも祝福の言葉をもらうと、ジャックさんとブレインさんが中へ入ってきた。

「リュカくんおめでとう」

「嫌か？」

「おめでとう」

「ありがとうございます」

「私たちから推薦しておいてよかったよ」

「え？」

その言葉に驚く。

（俺を推薦した？）

「君は私たちのあとを受け継ぐ存在だと思っている」

「……」

ブレインさんの言葉はありがたいが、買い被りすぎた。それに、俺は前世とは違う生き方をしたい。でも、ブレインさんやジャックさんみたいに強くはなりたい。それが俺の目的でもあるのだから。

「頑張ってくれよ」

「はい」

すると、ジャックさんが笑いながら言った。

「まあ、騎士爵とは言わず、もっと爵位を上げてくれよ。そしたら私の計画も
……」

「計画？」

「いや、なんでもない」

深く追及してはいけないと思い、何も聞かなかった。

「まあ、次は公爵家に遊びとして来てくれ。まだ、学生なんだから時間はあるはずだしね」

その言葉に、全員で頷く。

「じゃあ、私とブレインは仕事があるけど、みんなは休んでいってくれ」

そう言って、ジャックさんとブレインさんはこの場をあとにした。

そこから、全員で軽く雑談をしていると、ビギルと目が合った。

「ビギル。剣を壊してしまってごめん」

「いいんだ。あれは一回しか使えない剣だから」

「え？」

俺が首を傾げていると、ビギルが言った。

「あの剣は俺が作ったんだ。だけど、精度をよくする反面、壊れやすいものになってしまって」

だから、副学園長を倒したあと、剣を渡してくれなかったのか。

「また、機会があれば剣を作ってくれよ。あの剣、使いやすかったから」

俺の言葉にビギルは驚きを隠しきれなかった。でも嘘偽りはない。なんせ、本当に今まで使ってきた剣と比べて使いやすかったのだから。

「あぁ。それなら俺の母国に来ないか？」

「え？」

「い、いや来れるならだけどさ」

エルたちみんなの方を向き、少し考えた素振りを見せたあと、頷いた。

「行かせてもらおうかな」

その言葉にビギルは笑みを浮かべた。

「じゃあ、追々日程を伝えるよ」

「ありがと」

そして、ビギルはこの部屋をあとにした。

（これで、剣を作ってもらえる）

そう思っていると、エルと目が合う。

（そう言えば……）

「エルは奴隷から平民にならなくてよかったの？」

「うん。私は今のままでいいの。それはお母さんたちも一緒」

すると、エルの両親も頷いていた。

「そっか」

（まあ、エルがそう言うならいいけどさ）

それから、みんなで軽く雑談をして、実家へと戻っていった。

（早く、ドワーフの国に行きたいな）

「これで俺も、もうワンランク上にいける」

あとがき

皆様、初めましての方は初めまして、お久しぶりの方はお久しぶりです。煙雨と申します。

この度は書籍をご購入していただき、誠にありがとうございました。

少し話は変わりますが、本作は私の作品として五シリーズ目になります。ここまでくること自体に驚きが隠しきれません。それも、読者の皆様のおかげです。

私がライトノベルを読み始めたきっかけは転生ものからでした。そのため、転生ジャンルを書籍化することが出来て、本当に感無量です。

話は逸れますが、皆さんに趣味はありますか？　私はライトノベルを読むこと・書くこと以外にはスキーやダーツ・ゲームをやることです。

趣味の時間ってすぐに無くなってしまいますよね。私も友達とダーツをしに行った時や、家でゲームをやっている時はあっという間に時間が過ぎてしまい、もうこんなに時間が経ったのかと思ってしまいます。

ですが、このような時間も大切だなと思いますので、皆さんも趣味の時間を大切にしていただけますと幸いです。

本作も皆さまの趣味に合うような作品でしたら幸いです。

それに加えて、屋内の趣味も良いと思いますが、屋外の趣味も程よくやれると楽しいので、是非皆さんも屋外で体を動かすと、気分がよくなりますよ!!

ちなみに、スキーを十年以上行っていますが、いつもブーツを脱ぐときにこんな重いものをつけていたのかって実感しています（笑）。それとは別に、ダーツは屋内スポーツではありますが、最初の頃は腕がいつも痛かったです（笑）。

さて、本作を作ろうと思ったきっかけですが、大切な仲間のために主人公が奮起するお話を書きました。

皆様は、どう思っていただけましたでしょうか？　少しでも面白いと思っていただけましたら、幸いです。

最後になりますが、本作のイラストを担当してくださったへいろー先生。とても素晴らしいイラストを描いていただきありがとうございました。エルがものすごくかわいく、リュカはかっこよくて、毎日見惚れていました。

特に、リュカの戦闘シーンやエルの薄着姿が届いた時は、かっこいい!!　かわいいい!!　と思い、本当に頼んでよかったと思いました!!

次に、担当編集のN様。様々なアドバイスをいただくことができて、素晴らしい作品になることができました。誠にありがとうございます。

その他にも本作に関わっていただいた皆様、誠にありがとうございました。

そして、読者の皆様。最後まで読んでいただいてありがとうございました。今後も応援していただけると幸いです。

（2023年　5月吉日）

転生聖騎士は二度目の人生で世界最強の魔剣士になる

2023年 6月 8日　初版第 1 刷発行

著　者　煙雨
イラスト　へいろー
発 行 者　岩野裕一
発 行 所　株式会社実業之日本社
〒107-0062　東京都港区南青山6-6-22 emergence 2
電話（編集）03-6809-0473
（販売）03-6809-0495
実業之日本社ホームページ　https://www.j-n.co.jp/
印刷・製本　大日本印刷株式会社
装　丁　AFTERGLOW
D T P　ラッシュ

ISBN978-4-408-55781-6（第二漫画）